诗人散文丛书

龚学敏◎著

吃出来的人生观

花山文艺出版社
河北出版传媒集团
河北·石家庄

图书在版编目（CIP）数据

吃出来的人生观 / 龚学敏著. -- 石家庄：花山文艺出版社，2023.11
（"诗人散文"丛书 / 霍俊明，商震，郝建国主编）
ISBN 978-7-5511-6448-1

Ⅰ. ①吃… Ⅱ. ①龚… Ⅲ. ①散文集－中国－当代 Ⅳ. ①I267

中国国家版本馆CIP数据核字(2023)第017812号

丛 书 名："诗人散文"丛书
主　　编：霍俊明　商　震　郝建国
书　　名：吃出来的人生观
　　　　　Chi Chulai De Renshengguan
著　　者：龚学敏

责任编辑：申　强
责任校对：杨丽英
封面设计：王爱芹
内文制作：保定市万方数据处理有限公司
出版发行：花山文艺出版社（邮政编码：050061）
　　　　　（河北省石家庄市友谊北大街330号）
销售热线：0311-88643299 / 96 / 17
印　　刷：河北新华第一印刷有限责任公司
经　　销：新华书店
开　　本：880 毫米×1230 毫米　1 / 32
印　　张：5.125
字　　数：100千字
版　　次：2023年11月第1版
　　　　　2023年11月第1次印刷
书　　号：ISBN 978-7-5511-6448-1
定　　价：35.00元

（版权所有　翻印必究·印装有误　负责调换）

目录
CONTENTS

洋芋烧鸡	/ 001
蕨菜	/ 009
拌面饭	/ 015
洋芋糍粑	/ 022
羊肉	/ 030
韭角子	/ 037
搅团	/ 041
桂花饭	/ 049
操操饭	/ 054
荞面	/ 062
柿子酒	/ 069
荞饼	/ 075
核桃花	/ 081
娘子尖	/ 085
杂面颗颗儿	/ 092

油咕嘟	/ 098
火烧馍	/ 105
面面子	/ 113
水粑面馍	/ 119
椒芽子饼子	/ 126
懒笼馍·圈圈馍	/ 130
酸菜	/ 134
二道面	/ 140
玉面挤挤子	/ 144
油饼子	/ 148
甘蔗味的火车	/ 152

洋芋烧鸡

外地人眼中，九寨沟大山里的奇异食材颇多，信手拈来，便是山珍，加上不同的烹饪方法，以及关于饮食的不同风俗习惯，自然而然地产生了新鲜感。这种新鲜，既有对食材鲜活的理解，更是对填补整个人生的饮食空白的希冀。可现实总是会在无尽遐想后给人挫败感，如同我们整个的人生。不少的东西，貌似美味，多吃一回，也就寡淡了，甚至不会再碰。饮食如此，发生在身边的很多事情也是如此。

比如，现在是保护动物的岩羊，小时候也会吃到，膻味极重，就是肉食贫乏的年代，我也是不喜欢。记得早年当警察时，曾用手枪将河对岸从山上到河边饮水的岩羊，射杀在岸边，水流湍急，附近又没有桥，也不想法去捡，权当一次实弹射击的训练了。现在每次想起，心中便充满了愧疚。还是那些正经的吃食，会被人类的肠胃适应，吃着也就舒坦。

九寨沟地处四川西北，与甘肃接壤，习俗也就随了那边。山地贫瘠，出产自然也就单调，所以在过去，主妇们平日里煮饭不外乎那几样主食，佐以时令的小菜，也就只能如此了。农闲时候，主妇们的烹饪功夫，自然要以玉米、小麦为主食，如擀面、蒸馍、打搅团，对于菜的做法，讲究得少。而对当时尚是小孩子的我来说，只要有肉、有油，便认为是好菜，在评判上与厨艺没多大关系。

母亲年龄越来越大，前些年开始吃斋念佛，还去绵阳的圣水寺，受了菩萨戒。我回家去的次数也越来越少，吃母亲煮的饭的机会自然也是少了。想到家乡的菜，心中细细一数，好吃的，还是要提洋芋烧鸡。

过去，家里添了小孩儿，怕不好带，大都会在论属相和年龄有利于孩子平安长大的人中寻一门干亲。打小，母亲便给我在同一个公社认下一门干亲。说是同一个公社，从县城也望得见，中间却隔着一条深沟，慢慢朝下走，便到了大山的凹里，再朝山腰上去，有一块平地。山腰上有平地，就会像长庄稼一样，长出了我干大（大，意为"爸"）所在的村子。"文化大革命"时期，每个生产队都有一个很革命的名称，当时叫什么，我已记不得了。住在县街上的人都不称呼乡下这些村新起的生产队的名字，就叫地名，扒拿沟。地名是藏语，音译。清朝时，出过一个造反的人，不知天高地厚，一个呼哨，聚拢了一群有诉求的农民，懵懵懂懂，自称了皇帝，外人和研究这段历史的后人，就叫他扒拿皇帝。扒拿皇帝举义的故事，至今还是人们茶余饭后的谈资，只是现在的人知道了天下的大，谈时多以奚落为主，倒是县城里现在的文化人时常为他的真实性以及造反的细节争论,褒贬不一。

有一年的寒假,已经记不得是什么原因,家里人竟然让读小学的我走了小半天的山路,去干大家住几天。那时还小,记不清有没有人带我,只记得越往沟底走,路上的残雪越多。一路也尽是些新鲜玩意儿,像平日很难打到的猪草,路边随处就是,有一种到了童话世界的感觉。

到干大家时,已是下午四点左右。干大看了一眼,问了声,来了?我回答,嗯。就算是打了招呼。然后,他背上火药枪便出了门。擦黑时回来,枪上挑着两只野鸡,周围的人也不稀奇,倒是从县城来的我少见多怪了。晚饭就是用它们做我很少吃到的洋芋烧野鸡。

野鸡身上没油,肉也柴,烧出来是什么味已经完全记不得,现在再做,想必也好吃不到哪里去,之后也就再没吃过。在干大家的几日,也没闲着,随干姐朝山的深处走,捡一些干了的野棉花叶和水葫芦叶,装在麻袋里,压得结结实实。是要带回家的,给冬天没有青草吃的猪当过冬的饲料。遇见过几块石头堆在一起,旁边还有烧过的香头,干姐说,是进山打猎的人给山神烧的香,只有烧了香,伤了野物的性命,山神才不会责怪。

当然,更多的人家来了客人,是没有条件背了火药枪出去打两只野鸡回来烧熟了待客的。一是附近不一定有这么多的野物由着人去打;二是家里又没有猎人——打猎在那个年代,要凭体力,还要看脑筋和身手,一般的人是当不了猎手的;三是那时的人都要到生产队参加集体劳动，能抽时间去打猎的，也算是当地的人物了。

过去的九寨沟，乡下的人户，家里来了客人，做洋芋烧鸡算是最隆重的招待。那时没电话，通信不方便，客人到了，寒暄一番后，才会张罗着吃什么。先安顿下来喝水、歇气，然后招呼家里的妇人去灶房生火、烧水，再到自家养的鸡群里相中一只，从粮食柜里抓一把玉米，在那鸡面前撒几粒，慢慢诱到院坝的死角处，费不了多大的周章，便手到擒来。再朝屋内高声吆喝：快点儿，水烧开没？把菜刀拿来，要烫鸡毛了！

现在县城里的鸡都是菜市场杀干净，直接拎回家来。对政府来讲，这便于防疫管理和市场管理；对老百姓而言，也不少那十块八块的零钱，方便，还真是少了麻烦。过去见着人从市场拎一只活鸡回家，便知那家要吃鸡肉了。现在，有些人家或自养的，或乡下亲戚朋友送的，倒是从家里拎到菜市场去杀。真正的土鸡越来越少，后来有了粮食鸡、跑山鸡、饲料鸡之类的分法。有次回九寨沟，见到了最讲究的吃鸡人，将鸡分为电抱鸡和鸡抱鸡。鸡抱鸡用老方法，是母鸡二十一天在窝里孵出来的，这样的鸡肉味才好吃。电抱鸡便是现在的大规模生产，前些年，我还在九寨沟工作时，常见挑着鸡崽卖的人在走村串户。现在，偶尔也有乡下的亲戚朋友逢年过节走人户，到家里时，送来一只地道的土鸡，照样也是拎到菜市场去杀。过去我们家杀鸡多是父亲一刀放了血，死了，便扔给母亲去烫鸡毛，开膛，清洗干净。后来，等我长大，学会了这门手艺，便由我来。再后来，自然成了弟弟的活计。山里人杀鸡也是有仪式感的：但凡家里杀公鸡，要用一张黄表纸，或是草纸，将第一股喷出来的血蘸点儿上去，等血干后，烧了。没人给我讲过为什么要这样做，执刀的父亲也好，用纸去蘸血的奶奶也好，都不曾讲。他们每到此时，嘴里叽叽咕咕地念叨，也听不清说些什么，也不敢问。后来，慢慢地琢磨出不外两层含意：一是对生灵表示敬畏，虽说这个生灵此生变成鸡，容易遭人宰杀，但毕竟是一条生命被我们结束了，而它也懂得痛苦，也贪生畏死；二是肉食来之不易，第一口，也就是这血，理应由祖先们享用。

杀鸡工序中最具技术难度的当属烫鸡。烧开的水盛在盆里，先烫鸡头、鸡爪，等水温降一些，依次是鸡翅、鸡尾，然后整只鸡身浸在水里不停地翻。如果水温变化的过程拿捏不好，不是把鸡皮烫烂，就是拔不下毛来。从鸡喙开始去皮，饭桌上的鸡喙看似与鸡活着时一样，其实不然，此喙外还有一层更坚硬的皮是整个烫鸡过程中最先去掉的。其次是拔去鸡爪上的外皮，再是按先长后短的顺序一路拔下鸡毛。拔完了毛，看似没事了，其实还早，要等鸡身上的水干后，用火燎去绒毛才算完。最早是用干的麦秸燎，或是用废报纸，燎出来整个鸡乌黑，怎么洗都洗不干净。后来，在碗里倒大约一两酒，点燃去燎，只是酒贵重，舍不得用，加之酒有限，用最少的酒完成这项工序，也是难度极高的。到现在用天然气的火苗来燎，已是最好。

开膛是件有趣的事。在鸡的胸部抠一个小洞，手指进去，慢慢地，先把鸡嗉囊和食管扯出来，然后朝着鸡大腿根部一边一刀，撕开，再从腹部那里横着开一刀，掰开，整个内脏就都看见了，然后一处处地清摘。好玩不过的是割鸡胗儿，和翻鸡肠。

新洋芋不好，水分多，不利于吸收熬过的鸡肉浸出来的肉香，加之又嫩，柔性不够，容易熬烂。陈洋芋水分少，黏性更好，比新洋芋自然多了一些洋芋自身的香。鸡肉熬到一定时候，将切成块的洋芋倒进锅里一起熬，直到鸡肉张扬的油荤和洋芋内敛的敦厚混合在一起，相互吸收对方的长处，又相互坚守自己的本色，一来一往之间，又像是给两户人家说亲的媒婆，极尽褒扬对方的长处，只等火候一到，便成就一道农家待客最好的菜肴。

我出门读书的那几年，家里有些大事发生。高中毕业等录取通知书的时候，奶奶去世了。第一学期放假回家，爷爷去世了。再后来，家里的日子和全国其他家庭一样，慢慢好了起来。要毕业的那一年，家里突然养了几百只鸡，生蛋，卖钱。后来的两三年，鸡慢慢地也就没了，随着鸡的数量减少，母亲用洋芋烧鸡的厨艺也就越来越出神入化了。其实，大凡好吃的东西，作料用得也是少的。鸡块剁得大小适宜，洋芋块的大小与鸡块差不多。先在锅里放菜籽油，母鸡可以少放些，公鸡则要油多，还要灶里的火大。油冒了青烟，把四川豆瓣放进去。那时，多是自家做的豆瓣，铲一铲，在烧好的油里煎，煎到变色，香味溢出来，再把一整块的姜洗净，用刀一拍，放入锅中。然后把鸡块倒进去，一阵翻炒，一阵猛火烧。我是从小看着母亲这样做的，忍不住时，也用铲子在锅里翻动着玩。当然，关键时候是轮不到我添乱的。等到鸡烧到一定时候，便把准备好的洋芋倒入锅中，与鸡块搅匀，又烧。烧到洋芋开始翻沙，洋芋的淀粉慢慢熬出，把多余的水收掉，被豆瓣染红的菜籽油和鸡油一直朝洋芋的里面浸着，把洋芋焖成了琥珀色，棱角已经慢慢地化掉，这道菜便成了。

后来在县里工作，下乡出差是常事。那时的路不好，不少村子还不通公路，即使通了，也是坑坑洼洼的机耕道。车子也破，一颠一簸地到了村里，时候已不早了。主人家才急着去逮早已放出去的鸡，烧水、杀鸡、洗洋芋。条件好的人家，再把陈年的腊肉排骨拿几条，等煮熟，早过了饭点，饥肠辘辘的，吃着自然更香。乡下人待客总是厚道的，不似城里人。有句俗语讲得好：乡里人给宰只羊，城里人给指堵墙。说的是城里人去乡下，敦厚的乡下人会给这城里人宰一只羊来吃，而吃了乡下人羊的城里人在城里看到乡下人时，指个方向说，到那儿来坐，我家就在那儿。乡下人顺着方向过去，走到头，用北方话讲便是进了死胡同，一面已经无路的墙而已。这个俗语所形容的情形，想必不仅是九寨沟如此，各地大抵亦如此。现在身边的人说起待人接物，大多会说成都人假。其实，我到成都工作后才知道，外地来了朋友，钱的花费是一回事，时间成本才是最大的付出。那么会不会我在成都待久了，也被过去的亲戚朋友认为学假了？难说。

　　直到有一次，已经许久没有回家的我边陪母亲聊天边看着母亲煮饭。饭煮好后，她坐在旁边，自己不动筷子，只是看着我吃。我吃着吃着，对年纪越来越大的老母亲说，妈妈烧的菜没有过去好吃了。母亲一声不吭，看着我吃完后，边收拾桌上的碗筷，边对我说，不是妈妈做饭的手艺不行了，是你们成天在外面吃饭，把自己的口味吃高、心吃花了，妈妈的手艺赶不上你的心了。听了这话，我轻轻地一颤，信佛的老母亲常会讲出一些让她读书的儿子觉得书算是白读了的哲理和人生经验。当时，我顿悟自己说出的这句话，像是一篇文章的硬伤，文章再好，也是败了。

蕨　菜

长大后读《诗经》，第一次在《召南·草虫》中见到"陟彼南山，言采其蕨"中的蕨字，一惊，心想生在穷乡僻壤的区区野菜，殊不知，早早地便登上了《诗经》这大雅之堂。也许从小因阅读面的狭窄、书籍的匮乏，以及对古人发自内心的顶礼膜拜，对《诗经》这类古书，不管是否读得懂，都是崇拜得要紧。想必这也是生在小地方、没多少见识、听老人们摆古今摆出来的敬畏。当然，这也是中国广大农村最重要的优秀传统和品质之一。知道蕨菜在"陟彼南山，言采其蕨"中，惊归惊，还得把句子顺着朝下读。这一读，又是差距。人家是边采蕨菜，边思念出门在外的夫君，未见夫君，心都忧得惙惙了。再朝下读，人家想着如果见着了，靠在夫君身上，则满心欢喜。这像是与蕨菜没多大关系，只是借蕨抒情而已。看到这样的诗句："未见君子，忧心惙惙。亦既见止，亦既觏止，我心则说。"才知道，同样是蕨菜，在人家眼中是用来寄托相思的。与我小时候见到蕨菜，第一想法便是能卖几毛钱自然是差距大了。蕨菜是拿来充饥、吊命的，也就少了诗意。

人类如果是在相同环境相同条件下长大，芸芸众生一词也就没了意味。人出生后，还是要看在什么时代里长大，在什么地方长大，包括什么样的家庭，这点很重要。20世纪，改革开放前出生的人，因为严格的户籍管理制度，巨大的城乡差别，某种意义上讲，也就决定了人一生的命运。不扯远了，老天既然给了你一条命，自然也会给你指条路的。

山里面长的人，终是要靠山吃山的，只是不同的地方吃法也就不同。比如蕨菜，是蕨类植物，在山里种类就很多，而在九寨沟常吃的也就两种。一种是羊蕨，一种是多生于山泉、溪边的水蕨子。羊蕨吃茎，筷子状，市场上买时，也是几十根一捆。写到此处，我开始怀疑这个羊蕨的"羊"字是不是被我写错了，或者，从小就感受错了？因为相对于生在山泉、溪边阴湿处的水蕨子而言，它生长的地方自然是阳处，应该是阳蕨才对。只是从小就见人这么写，也没想过它错没错，只是代代口口相传的一个名而已，对错都不会影响山里人的活法。这个名称怕是无人能说清了。也罢，先接着朝下写。水蕨子，一圈圈地盘着，像是闹钟上紧的发条，密实，叶子展开，极像科普书上画的蕨菜。讲究的人吃时，要慢慢掰开，把裹在芯里的杂质洗尽。

想到九寨沟历史上的古籍们，对事物的理解也是有他们自己的一套的。比如，很书面的蕨，也就是《诗经》里长大的蕨，被山里人在前面硬是加了个词来形容，称为羊蕨。大人们提到羊蕨时，我总是管不住自己的念头，朝着羊角的方向想象，看来看去，羊蕨尖些许蜷曲着的小叶，似散未散，倒像豹子的爪，与羊毫无关联。现在，九寨沟成了国际旅游胜地，作为土特产的羊蕨，在街边小摊上一摆，一张废纸板上还是写着这个"羊"字，天南地北有见识的人很多，也没见过有问起对不对的。另一种蕨，叫水蕨子，把"蕨"字嵌在水与子之间，又是另一番风味，既讲清了它的生长环境，又把它相对于羊蕨的细、水用一个"子"来形容。想想这名字起得，比起现在网络上的一些新名词，让我们不得不佩服先人们。

吃水蕨子的人不多。到了季节，街边也有山民采些来卖，蜗牛状，一颗颗的。买回家后，掰开，洗净，在开水里氽一阵，去了涩味，再用力捏干水分，就着腊肉炒。水蕨子叶细，极易碎，茎片状，晾干后口感柴。所以，水蕨子也就是当季吃吃。

前些天去超市，竟看到了袋装的鲜羊蕨，本想学习一下，没想到写的是蕨菜，前面没有形容词。看来羊蕨一词，也就九寨沟当地人在用了，这也算是对汉语的一个贡献吧。

在我的记忆中，新鲜的羊蕨是极少吃的。

晾干的羊蕨，因为暴晒、脱水，茎也不像是年轻人那样挺拔、水嫩了，倒像是经历了风霜的老头儿，腰也直不起来，不讲究，胡乱地蜷曲着。一蛇皮口袋装不了多少干羊蕨，好在晾晒时都是一小捆一小捆地用绳捆着，有个提头，好收拾。

那时，若问什么最好吃？估计我这个年龄的人都会不约而同地说是腊肉骨头。腊肉骨头是主菜，那一锅乱炖中必不可少的是羊蕨之类的干野菜。只有将干野菜的清香与腊肉的肉香，以及骨头的烟熏气味混合在一起，慢慢地炖，才能炖出那个年代饮食排行榜第一的霸气。

杀下的年猪，肉剖成一条条，排骨们一片片地剔好后，用铁丝从中间一处的缝隙穿过，打个结，挂在每家每户的火笼子上方。一天到晚，火燃着，烟子熏着。那个年代，需要很长时间才能吃上一次肉，那种香就已经超越食物本身，与食物本身无关，而是一种希冀。这种希冀被时间加工，越发诱人。

先把干羊蕨用凉水冲洗，再用温水泡，到了柔软的时候，用手使劲捏，把干了的羊蕨吸进去的水捏出来，反复再三，直到褐色的水变得清澈起来。把洗净的干羊蕨放入腊肉已经煮了一阵的锅中。汤要宽，和熏黑的骨头与褐色的干羊蕨一比，要白白的，才算好。然后，一家人慢慢地闻着肉香等待。

净瘦肉，一只手拿着骨头，顺着肉的肌纹轻轻地用牙撕下一丝，肉的颜色是那种只能用味觉来形容的红，然后再用舌尖卷进嘴里，牙与牙还是轻轻地一碰，带着肉香和盐味的汁，慢慢地浸到整个口腔中，像是干涸的地里流进了清澈的凉水。再一嚼，香味四射开来，完全控制不住地让人配合出唾液。最后是把骨头里的肉香和盐味吸完吸尽，再把手上的油吮了。这时候，人们会完全忘记羊蕨。只有在腊肉们极大地满足了人们对肉的追求之后，才会觉得似乎还需要另外一种感觉来衬补一下。就像一场演出仅有高潮算不得成功，还需一个美妙的结尾，让观众感到余音绕梁。这时，作为野菜的干羊蕨自然而然地登场了。

与腊肉一起煮熟的干羊蕨，摇身一变，细、嫩、绵软，入口毫无植物该有的纤维感。

到了 20 世纪 80 年代中期，我已经在南坪中学教书。一天下午，不经意间看见学校门口的坎下面一家农户的院落里砌起了几个大大的水泥池子。时而有汽车、拖拉机运来东西，也有当地的农民用背篼运来，都是羊蕨，整整齐齐地堆在池子里，有穿雨靴的工人施盐，码好。这是我第一次听到盐渍这个词，说是要把羊蕨盐渍了，保持羊蕨的新鲜、水分和青绿，运到韩国和日本去，要赚外汇的。这是我第一次听说平常的野菜，竟然被外国人喜欢上了。这成了一段时间大家茶余饭后的热门谈资。还说日本人特别喜欢吃羊蕨，主要原因是羊蕨可以抗原子弹爆炸时产生的核辐射。并且，人家韩国和日本人比我们会吃，不像我们晾干了吃，没有丝毫的营养，人家要吃新鲜的。那个时候，讲到韩国和日本，别说像我这样的山里人气短，就是大地方人也是觉得要矮人家一截的。于是，有人担心，到了冬天煮腊肉骨头时，会不会没了干羊蕨，或者，会不会因为外国人这样大量地买，高山上的农民给涨价？甚至有人说这样大量地采下去，会不会越来越少，直到绝种？还有说法是，干羊蕨吃了有毒，所以人家外国人要吃盐渍的。传归传，该吃的还是要吃。有一点是肯定的，自那以后，吃新鲜羊蕨的人便慢慢多了起来。

有一年，清明节的前几天，就是那个以"扬子江心水，蒙山顶上茶"闻名于世的雅安名山区的朋友,请了一些诗人参加当地著名的禅茶的开摘仪式。时辰一到,一群僧人诵经的、击磬的、敬香的,有条不紊地在皇茶园外面的空地上举行仪式,然后进园去,象征性地在那几株曾经专门给皇帝进贡的老茶树上采茶。四处来的人很多,嘈杂,全没了用茶静心的样子。几位朋友便早早离去,把车开到半山腰,说是一家的烧鹅味道好,食客多,不如先去饮茶,顺便占个位子。果然鹅烧得好,几个新鲜的菜蔬自然也要配上。这些年,野菜已经成了招待客人的好东西。居然有一盘凉拌的羊蕨。用不着细看,搭眼一看就知道,茎外面是紫红的。当地就叫蕨菜。问一道来的当地文友,茎外面是白色的蕨菜,名山产不产?说是没有,当地只产这种紫色的。我于是一阵的好卖弄。九寨沟产两种颜色的蕨菜,一种外表是淡绿色的,和整个蕨菜的茎颜色一致,叫作白羊蕨;一种就是这样紫色的外表,折断一看,和茎的淡绿不同,叫作红羊蕨。红羊蕨味苦、涩,说是有毒,九寨沟人是不吃的。九寨沟人嘴刁,只吃白羊蕨。又聊到前段时间网上有蕨菜致癌的说法,我说,如果此话当真,九寨沟人吃羊蕨的方法算是咱们老先人对科学有效的认知了。红的味苦,自然毒性大,不食,新鲜的同样不食,唯选择毒性小的品种,晾干,使劲洗,再大火煮,自然没了毒性。用现在减肥的饮食习惯看,野菜刮油,配上腊肉煮,自然便可既食美味,又无增加体重之担忧。甚好。

拌 面 饭

如果把每一种饮食都扶起来，有名号，有出处，有手有脚的，让它们用天赋的秉性在自身构成的饮食江湖上行走，那么自玉米传至九寨沟，一直延续到 20 世纪 70 年代之前，九寨沟饮食界的武林盟主非拌面饭莫属。不管是何种江湖，使哪般兵器，但凡要在武林中成为盟主的人，德行二字尤为重要。拌面饭担得起。一是最低调。食材最普通，玉米面粉，偶尔配点儿洋芋，或是本地酸菜，就这辅料，也与玉米一样，出身贫寒，且懂规矩，只是默默地在玉米面的麾下，既显不了山，更露不了水，由玉米面打着拌面饭的旗号，行走江湖几百年。时至今日，也算促成了一种吃食在践行一方水土养一方人方面的最高境界。二是最普遍。旧时，普通人家一日两顿拌面饭，实属正常，早一顿，晚一顿。就是一天连吃三顿，在山里人眼中，也没人感到不应该。就连那日子过得风生水起的殷实人家，或早或晚，一顿也是难免的。所以说，这拌面饭普通得没了高低贵贱。再朝低处走，拮据得很的人家，图得便是一日三餐，或洋芋，或酸菜，把拌面饭搅均匀，也敢端着碗蹲在街边吃，不丢人，用现在的话说就是丝毫没有违和感。三是简约。除了同样出身卑微的洋芋、酸菜这些辅助之外，全称是玉面拌面饭，久而久之，玉面二字也省了，自信到只称拌面饭。玉面二字，自带王者气不说，更像是平凡人家的丫头，少了些胭脂味，显得朴素、自然。有此三点，九寨沟上塘下塘几百年，这盟主自然非它莫属了。

在九寨沟坡多平地少的生存环境下，玉米一扎根，就用王者之气，不仅征服了山坡沟壑，也征服了一代代山民的肠胃。

玉面拌面饭，应该与陕甘的撒饭一脉相承，在九寨沟，时间和地域赋予它独特的内涵和秉性。拌面的稀乎，总是让我想到上善若水一词，它就是靠着这种品质，滋养了不同众生，让他们演绎出不同的精彩人生。

月亮牙一样弯的灶台，依次排着大、中、小三口锅，像是对应着的天、地、人。有讲究，大锅靠墙，壁上供有灶王爷的画像。烧火的人坐在这段弧形的圆心，像是中军帐里坐镇的将军，一把火钳，三路人马指挥得井然有序，充分体现了老祖宗的智慧。大锅最里，用它是有讲究的，煮酸菜、过年蒸馍、杀猪等，一年用不了几次，都是重要节点，几乎全家人都得参与。大锅，确实是大哥。中锅次之。最忙碌的当数小锅了，像是小媳妇，你不做家务，谁做？自然就一日三餐，离它不得。还有偶尔的热饭加餐、烧洗脚水等。我最早学会做饭就是在小锅上，第一顿就是搅拌面饭。

十岁出头吧，搬个小板凳，站上去，左手边放装着玉米面的撮勺，右手拿搅面的叉叉棍。叉叉棍就是一根带叉的树枝，长两三尺，长叉的那段十多厘米，要靠它们去锅里搅面。后来，在电视上也见过有的地方用一根独棍来搅面，当时心中一笑，蠢，用九寨沟发明的叉叉棍，不是正好应了那句"事半功倍"的成语吗？哈哈。农人进山去，看见无毒、性情温和、不苦涩的树，当然，关键是趁手，便要砍回来，剥皮，晾干，打磨光滑，就是一件灶房的家什了。搅拌面饭要专门有人架火，搅的人无法来回忆，一是停止搅动后，要巴锅，要焦；二是左手要不停地朝锅里撒面，架火后，手脏了，难得洗。给我架火的常常是小我五岁的弟弟。锅里的水烧开后，左手抓一把面，少少地、匀匀地从锅的正上方撒下去，右手匀匀地在锅里搅，画圆圈一样。技巧就是一个词，匀匀地。搅拌面饭最忌讳的是左手撒面时大把，不均匀；右手搅动用力时大时小，不均匀。最不成功的是有气袱子疙瘩，就是面疙瘩里面还有气泡和干面。小时做饭，手上力气小，恨不得几把就把撮勺里的面撒到锅里，越急，气袱子疙瘩越多。最好的当然是一锅平静，稠稠的，没有一个疙瘩面。撒完面后，双手搅，也是要匀，像我这样没耐力的人，总是会拼了老命一般使劲儿地搅几十下，然后撒手歇一会儿，再搅。直到现在，偶尔回家做一下，在一旁不放心的老母亲照例会说我是荒汉，幸好读了书，不然在农村的话，会饿死的。老一辈的搅，看似没出多少力，匀匀地，从头到尾不歇气，搅出的，好吃。还有的讲究是一直顺时针搅，不像我，总是乱的。我时常想，这看似平常的煮，里面的说法多了，敬畏也多了，不似现在对粮食的不珍惜。

记得从小煮饭，奶奶和母亲从不说我这样做得不好，那样做得不好，好与不好，总是夸我能干，所以一路得意了过来。现在，妻子还在说我原来饭做得好，只是慢慢人懒了，不做了。

大清早，有朋友看了我的微信朋友圈发来私信说，有些事看破不用说破。其实，世事对于现在的人而言，看破容易，说破反倒不易，不仅是勇气、胆识的问题，而且与真正的坚守有关。拌面饭就是用这种坚守，数百年的不卑不亢，成了九寨沟人生活贫困时无法放弃的主食。

成大器者从不避讳他人对自己短板的补充，甚至非议，玉面拌面饭更是如此。爷爷是民国年间行商到九寨沟落脚安家的，一生不习惯当地人吃的酸菜，不像我这样的后人。所以，一家人跟着爷爷习惯，都吃这种什么都不加、全部由玉米面搅成的，叫作甜拌面饭。其他人家，一般是锅里的水开后，从酸菜缸里舀一碗酸菜，倒进锅里，再煮开，就可以搅玉面了。酸菜的酸，在这里更像充当着一个完美乐队的指挥，由它，把这进嘴后满口乱窜的玉米面，统一到似有似无却又无法离开的演奏之中。偶尔吃到一根酸菜，如音乐到了高潮处，整个世间悄然无语，唯它横行无忌。玉面和酸菜的调和，让这种吃食稳稳地成为生活贫瘠时普通人户的当家饭。洋芋的加入，极像那桃园三结义，这个铁三角的构成，把玉面拌面饭推向了最高境界,如同人生的巅峰。玉米面自然是刘备了,洋芋是关二爷,能够让人一口就吃出不同来的便是猛张飞酸菜。洋芋先在锅里煮,熟后再加酸菜,再搅面。洋芋拌面饭的做法又有两个境界。一种是洋芋煮熟即可,吃饭时,洋芋像是屯在玉米面中的精锐,进食乏味时,一坨洋芋给整个行进中的大军以莫大的鼓舞。另一种是使劲煮,煮到拌面饭中找不到明显的洋芋坨坨,它已经将完全不同于玉米面那松散的特质的面与沙悄然无声地融入整个集体,用洋芋最独特的品性,在每一处低调地弥补玉米面的粗糙,从而完成一顿饭最重要的包容。

说了这些,感觉玉面拌面太多的是王者的霸气,殊不知,玉面拌面饭却有它过人的柔情似水。过去生小孩,无奶吃的多了,也有母亲到远处干农活儿,无法及时回来喂奶的。这时候,玉面拌面饭用玉米的营养发挥着物质贫瘠时代其他吃食无法替代的救命作用。碗大的小锅架在火上煮,少许盐,一小勺猪油,玉面是专门磨的,极细,搅得稀些。这吃食,几乎是所有农人的后辈在有记忆之前,除了母乳之外,最先感觉到的这人世的美好和艰难。

拌面饭的菜,主打是红油辣子。每家人都得种辣子,红透后,穿起来,挂在屋檐下晾干。过去这是真实的生活,现在已经成为农家乐旅游的布景。晾干后,用帕子一个个地把辣子表面的灰尘抹尽,再铰成一节节,在锅里炕干。石臼,叫作砸窝子,虽是家家必备,其实除了砸辣子和花椒外,也无他用。砸辣子偷不了懒。锤子不到,辣子不会自己变细。砸的声音大小和节奏，反映了你的使劲程度。小时候我砸辣子，一般是坐在院子里，一只手拿书，一只手砸，稍有怠工，屋里的父亲不用眼见，就知道我在偷懒，会大吼一声。砸好的辣子面里放盐，油是倒在勺里，在火上烧，不像现在在锅里，偌大个锅，油少了，还不够巴在锅上。烧滚的油一淋，辣子的香味便充满了整个灶房，甚至隔壁的邻居家。那时候，人单纯，味觉也单纯，一个辣子里淋了烧滚的油，香味便会传得很远。淋油后，要朝里面加水，关于这道程序，等到了不缺油的时代，我还认为是不可或缺的，其实，只是那时没那么多油，借水稀释而已。还有日子过到一点儿油都没有的时候，直接用开水烫了，加盐，叫作水辣子。拌面饭不挑剔菜，现在称为小菜的乱七八糟都行。我最喜欢的是醋辣子。霜一下，地里的东西，人吃的，猪吃的，都要统统朝家里搬了。辣椒要连根拔起，回家后分成三类，叶子归猪，根和茎晾干后归灶火，大小不一的辣椒归人。没成熟的小辣椒，在锅里炒，水汽耗得差不多时，放些盐、醋，起锅，像是现在专门做的虎皮青椒，小孩子们吃着不辣，有味，是下饭的好菜。尤其是第二天再吃，更入味。

越简单的兵器，上手越讲究分寸，吃拌面饭便是例证。小时，有同学不是本地人，在我家玩时，到了饭点，也要吃一碗，只是不会吃，一碗饭搞得七零八落，筷子都拈不起来，最后只有直接喝。技术高超的吃法，要凝一下后动筷子，在碗沿固定一处，像挖井一样，在一个地方使力，碗也渐渐朝着这个地方倾斜，那凝住的饭一点点滑过来，不粘碗，吃完后在下筷子的地方一舔，整个碗如同水洗净般，也是功夫。这一点，恰似人生，平凡之处活出自己的精彩就是，有些事，想多了，反倒是七零八落。

洋芋糍粑

洋芋一物,原产南美洲,明朝时期由传教士带入中国。洋芋这种叫法,一听就知道它不是中国原产,属典型的舶来品。有人专门作了学问——洋芋与中国的人口研究,的确,这个舶来品救了许多人的性命,也让我们增加了不少的人口。同时,也演绎出不少与之相关的故事。

过去在小地方待着,熟人多,彼此的生活习性相互了解,家人就更不用说了。那时的我,被身边不少人评论为"嘴刁"。现实的情况是虽然我们置身一个斑斓的世界,但在很多方面我们又不得不趋同。除非你是特例,周围没有人会在意你的很多习惯,包括饮食。现在的嘴刁除了有些酒店点菜时会问你的忌口外,其余,都是给人添麻烦。我这个嘴刁,与有没有钱无关,也与所谓的食材高档不高档无关。比如羊肉,除了在高原上吃之外,其余地方,那膻味一概让人受不了。但凡不符口味的,有时宁愿饿着,也不愿多拈一筷子。这个毛病,让我挨了母亲和老婆的多少埋怨,已经数不清了,年轻时尤甚。饭已煮好，因不合胃口，重新煮也是有的。有时，宁愿多花一些时间，走一些他人觉得没必要的路，也要寻个合自己口味的方才罢休。有天中午，突然想吃烧肥肠，便鼓动杂志社的其他几位编辑骑自行车去几公里外的一个苍蝇馆子。恰好有外地诗人来，一路招呼，打车的、骑车的走拢一看，竟坐了满满两桌。成都还有一位诗人，多年的朋友了，经常在电话里这样诱惑我，有些时间没见了，没事过来喝喝茶，晚上顺便就在楼下的肥肠馆将就吃个饭。这位诗人前段时间才出医院，我说，下午我喊上几个老朋友来看看你。晚上，在他家楼下的肥肠馆又是一顿。不知是朋友刚从医院出来的状态让气氛上不来，还是自己口味随年龄变化的原因，突然感觉这肥肠也与过去不同了。就这样，慢慢地，人生也少了许多的乐趣。似乎唯有洋芋让人的胃口吃不伤。比我讲究的人多的是，别人是真讲究，我纯粹是穷讲究。单凭美食一词在各种传媒上的铺天盖地，便说明支撑这种宣传的人不在少数。迄今为止，我依旧固执地认为但凡一种美食，必定要有故事，必定要从它成为美食的最初注入情感，才是真正意义上的美食。否则，只配称为食物，与美食一说尚有距离。所以，更多的时候、更多的人，只是把吃饭说得好听一些罢了。

20世纪六七十年代的山里，我有很多看似奇怪的愿望。比如，希望每年的春天来得越晚越好。因为这样能让过年时相对富足的食物，以及大人为了讨个彩头不轻易打骂孩子的祥和气氛维持得久一些。我现在最喜欢的话之一就是从小听父亲讲的"一正月都是年"。这是多么幸福的一个月。这是不是我现在总是把喜欢的书慢慢拖着读的习惯的缘由？不得而知。天气一天天暖和起来，寒冷和人们自己营造的最美好的温情一起慢慢消失。当然，过年时没有的新的胃口方面的追求又开始复苏。人们要在生产队地里和家里的自留地里种洋芋了。这个时候，大多的家庭早已把洋芋吃完了。冬天的火塘和贮存了很久的洋芋是那个年代山里人最好的夜宵。当然，夜宵一词，从没在我的童年出现过，想必也没在绝大多数同龄人的童年出现过。随着天气变暖和，不用在火塘里生火，家家户户的洋芋也就吃尽了。种子是要留的，在窖坑里。切洋芋种子的活儿，几乎都是由一个家庭最能干的主妇完成的。这是一个技术活儿，一粒种子要确保发一个好芽出来。手艺好的人，会用一个洋芋切出几个种子来。没有芽胚的部分被一个叫作"洋芋勾子"的名字称呼了，一点儿都不好听。通过这种方式出现的洋芋勾子，虽俗，但又像是一种绝唱，是洋芋最具经典的收尾。那种保持了整整一个冬天的甜，和要持续到新洋芋收获才有的念想，可以让它和玉米面一起被边搅边煮产生的香气，在一家家的农户中相互传染，有一种花光口袋中最后一个硬币的爽快。平日里不觉得，这个时候，用洋芋勾子做的拌面饭，也算是拌面饭中的极品，算美食。

那一年，我已经在县里的中学教书，刚学会打麻将，年轻，身体好，瘾大。周末的晚上，几个青年教师用每一盘几毛钱的玩法，不知不觉便耗到了天亮。平日的周末，睡到中午也是常事，不巧的是家里选在那天种洋芋。我和母亲打窝子，刚过门不久的老婆撒肥，弟弟和妹妹下种子。现在想想，从小干农活儿就没出息的我，在城边坡上的自留地里干完一天活儿时的懒汉样，还想笑。关键是还有母亲嘴里时不时冒出的埋怨和对赌博的痛恨。现在，老婆偶尔还要提起，说我边挖边睡，厉害着呢，算是揭老底。不过，我倒觉得有趣。我一直认为，一个人如果年轻时连蠢事都没干过，那他的人生也就没有回忆的必要。

春雨过后墒情好时，那些去掉洋芋勾子的种子埋在地里便等着发芽成熟。洋芋也开花，也结果。洋芋的果像是现在流行的小番茄，不红，青的，绝对圆。读初中时，都要学农的。有一年，不知是老师异想天开，还是上面根据科学安排的任务，让学生们把洋芋结的果采下来，掰开，把里面的小籽晾干。第二年的春天，把这些籽精心地种在试验田里，也都发芽，很细，时间一久便自生自灭了。这件事如何收的场，不记得了。现在想想，如果可以用洋芋果作种子，不知要节约多少洋芋，也是一件让人兴奋的事，不知有没有人研究？

任何庄稼，但凡是新下来的，都香。洋芋也是。这个香，想必也与饥饿有关。伴随对新洋芋垂涎而来的，还有如何把成熟的洋芋从地里搬回家的小恐惧。小时候，我干农活儿相当不行，搬运洋芋就算是最让我不自在的一件事，关键是最需要体力。自留地在坡上，从坡上下到公路，有一个小时候认为全世界最大的弯，这个弯像一张弓，足以把我射翻过山去。然后又从公路上坡，再下坡，才到家里。这是我现在回家乡时散步常走的地方，每每至此，都要想起小时候背洋芋，可见记忆之深。挖洋芋的活儿，我干不好。一耙子下去，不是把洋芋挖烂，就是挖不干净。母亲说上几句，便不让我再挖。我的任务多是把挖出来的洋芋搬到地头集中起来。站在坡上看到别人家用架子车拉着洋芋回家，那种羡慕，现在做任何事都没法有那种感觉了。现在一想，家里没有架子车，即便借一辆，母亲、我和弟弟那时也是没法把一架子车的洋芋弄着上坡再下坡的。合作社也要种洋芋。队里的洋芋种在很高的山上，现在一眼朝山上望去，那么高，都望不到地的。洋芋就每家每户地分在地头，自己背回来。头天晚上，想着偷懒的我说腿上长了个疮怕是上不动山，大人看了下，说不碍事。母亲天不亮就随队里的人上山挖洋芋去了。我是一上午了才去，记不清跟着哪些人上的山，我一个人莫说不识路，就是识得，也不敢去。挨到洋芋地，已经下午，洋芋们分在那里，每家人都在计划着怎样背回家。想想我就背了二三十个吧。走到豹子湾，腿打闪像是不重要了，从九寨沟流下来的大河在峡谷里像一条死蛇，一动不动，水的诱惑让人不止一次地产生直接飞下山的念头。那些在山上出事的人，被叫作滚岩，骂人的话。滚岩的人中，我想会有因这种幻觉而出事的。这一趟背洋芋是我小时候所干农活儿中最壮烈的。那条山路，太陡峭，太高，每次回去都要看到，可今生怕是不会再走第二遍了。

新洋芋的皮薄，挖出来的洋芋放上一段时间，皮自然就厚了。这一点，与人的脸皮一样。先是把那些小的、撞烂的、品相不好的洋芋装在竹筐里，挑到河边，浸在水里摇，摇着撞着，洋芋就干净了。用大锅焐上。熟了的洋芋也是形形色色，挑一些好的砸糍粑，剩下的喂猪。趁热，好剥皮，然后晾着。等焐熟的洋芋冷下来，水汽晾走一些，砸出来的糍粑更黏。砸糍粑要用专门的木槽和木锤。对于农户而言，这也是个家当。我们家是很久以后才有的，先前都是借邻居的用，好在砸不坏。煮好的洋芋要均匀地铺在槽里，先用锤轻轻地拍，拍烂，像一块大饼。然后来回碾压，慢慢把拍烂的洋芋团在一起。这个来回碾压，用的是一字，音 ci，ci 成一团。然后是砸。砸糍粑是个技术加体力有难度的活儿。开始时需轻轻砸，否则会槽空洋芋去，溅到地上。砸出黏性后，便可使大力了。这使大力也有技巧，有人曾将整整一坨的糍粑粘在木锤上，甩到地上。这种画面，几乎是糍粑落地的同时，人高高举起木锤的姿势也就定格了——关键是这一顿该吃啥的问题。

砸好的糍粑一整坨地铲在盆子里。中国饮食有的吃法和人的行为一样，喜欢整齐划一。洋芋糍粑算是个奇葩。小时候，我喜欢把才砸好的糍粑蘸着红油辣子吃。说是红油，还是要看家境的，年份好时，也就有点儿油。有时，也就用滚了的沸水烫烫辣椒面，加点儿盐而已。再讲究的，蘸着白糖吃。最奢侈的当数蘸着蜂蜜吃，一般人家即使有点儿蜂蜜，也不会用来蘸着糍粑吃的。过日子的吃法是煮一锅酸菜汤，把洋芋糍粑用铲子切成一块块，放进锅里煮，煮软后，连汤带糍粑盛在碗里，再放点儿辣子，便是最好的晚饭。日子过得好的人家，用油把醋熬一下，放点儿葱花，再煮上糍粑，又是一种洋气的吃法。

洋芋这种吃食，时间久了，肠胃便离不得，成了嗜好。有冰箱以来，但凡九寨沟本地人，或多或少都要在冰箱里放些，一热，既可当顿，又可消夜。最好的是酒醉之后，酸浆水的汤宽一些，糍粑少些，便是解酒的绝佳饮食。有了这需求，市场上便有了专门砸糍粑的人，虽说是力气活儿，也成了一门手艺，可以养家糊口。这样一来，我们家的冰箱，因为老婆的缘由，一年四季，糍粑总是有的。到了成都居住，从老家来的亲戚朋友也要带一坨，放着，十天八天地吃。关于砸糍粑，老婆常挂在嘴边的就是笑我体力不行。我家的糍粑先前是母亲砸，后来是我和老婆还有弟弟一起砸。老婆怀孕的那一年，比平日吃得更加"猖獗"。平时，砸糍粑的活儿，她的耐力最好，是主力，我和弟弟算是打下手，这样一来，我和弟弟只有硬着头皮使力。有一次，弟弟边擦汗边说："姐，你能不能换个喜欢吃的？"时间久了，这也成了我落在她手里的一个把柄。

不知道从什么时候起，吃饭的时候，有人说洋芋是九寨沟县的县菜，一听，果然中肯，也就接受了，也就四处地讲。后来到别的县工作，到州府工作，又有人说洋芋是阿坝州的州菜，一笑，对的呀。只是到了成都，觉得川西坝子的洋芋真是不好吃。光照少，温差小，地里的阴气太重，种出来的洋芋，除了炒洋芋丝脆之外，别的做法，概不好吃。有次回老家，和一起长大的同学聊起洋芋，我说，外面的洋芋用我们本地的话来说，几乎都是水根子，只能喂猪。于是，大家便得意地笑着，一遍又一遍地夸山里面的各种好了。

人很多时候都是分裂的。在家里必称洋芋，出门又叫土豆。并且，自动调换频道，可谓无缝连接。这名字，一个土，一个洋，对得太好，不知世上还有没有这么妙的名字。和一位写旧体诗的小兄弟聊到这对名字，他说，单从词性上看，是工整的，但是两个指的是同一样东西，会有合掌之嫌。嫌不嫌，我就管不起了，哈哈。看到一个消息，我现在吃的洋芋，大多是甘肃来的，这个好。我对甘肃有一种天生的亲近感，外婆当年便是从甘肃嫁来的。老婆一家也是从甘肃沿九寨沟这条河上来的。甘肃的老农民，实诚，吃得苦，极像这洋芋，哦，土豆。

羊　　肉

我至今没有想通的是川西坝子好羊肉的习惯。一入冬，即使平日里忙得一塌糊涂的机关小公务员、公司小职员之类的，也是闲得很的样子，呼朋唤友，一群群地去喝羊肉汤。白酒、啤酒的一顿海整，那快感像是男男女女嗨歌一般。尤其到了冬至，据说，坐在途经成都的飞机上，也能听见成都人喝羊肉汤的嘶哈嘶哈声。当然，这个段子，同样用在打麻将上。我一直不喜欢吃羊肉，一直在高原上待着，特别闻不惯海拔低处的羊肉膻味。刚到成都时，磨不开朋友的情面，也去过两次，感觉一点儿都不好。硬着头皮吃点儿肉，或是火爆的羊肝之类，即使熬得雪白的汤，也从未喝过。喝羊肉汤的地方，在成都统统属于苍蝇馆子，特点是味道好、场子小、家具旧。不仅菜里的油重，就连餐桌上、地板上也一样的油，黑黑的，给人永远擦不干净的感觉。说是喝羊肉汤，这是真的，先点一口锅，羊肉和内脏事先已煮熟，按斤两再买，倒进锅里，煮沸即吃。

成都人喝羊肉汤必用以成都冠名的麻羊，其实就是山羊的一种。距双流国际机场不到十公里的黄甲镇据说是原产地，在镇上参加一个诗歌活动，被安排吃了一次当地出名的羊肉汤锅，好在有牛肉、蔬菜，吃的时候只是拿食材在锅里一涮，仍觉得沾上的膻味不小。为此，我还写了一首诗《成都麻羊》：

烹羊者说：
膻味是羊攻击人类最有效的犄角。

低处的山冈，被楼盘的鞭子抽打得
恍惚，
手里长出的草，
在一个清晨，变为塑料长出的草，
直接成为汤色，如同生产冬至
这个节气的
机器。

人的味蕾一次次票决羊的繁殖方式。
历史越来越精细，
被蒸熟，上色，祛异味，
上乘的羊字，已经与写它的笔
和书无关。

我用海拔的吸管过滤真实，

羊毛在时间中，温暖说出的假话。

汤锅熬熟的地名，比如黄甲镇，
挂在高速公路的树杈上，
像是招牌，
像是成都穿旧的衣衫，
落在历史的雪夜，
我只是一句过路的唱腔。

烹羊者说：
所有动物的原产地只是一把刀
与火候而已。

这首诗收入我的一本叫作《濒临》的诗集。之所以这样写，是我请当地人解惑，现在镇子和成都连在一起了，作为原产地，这羊养在哪里？答曰：都是从外地养大后，用车拉来的。这羊越养越远，食客们吃的只是烹羊的手艺。过去的美食都和产地连在一起的，高速的城市化，让原材料越来越远，而食客又待在城市，今后，可能就是这样，谁的手艺好，谁就代表原产地。

九寨沟上塘的藏族同胞吃牛羊肉的时候居多，下塘的汉人则不然。县境内地形呈阶次变化，海拔落差达两千米。这两千米的落差，不仅极大地丰富了动植物的分布与种类，也让居住在这里的人们在饮食上出现了很大的不同。农耕时期，这落差不仅是让饮食习惯不同，更重要的是让饮食结构不同。上塘海拔高，人口少，多是森林、草场，适合牧业。下塘气候宜人，山高坡陡，可供种植的平地少，只有拼命种各类庄稼。这一来，在过去，上塘人用牛羊换下塘人的粮食就再正常不过了。

在我的记忆中，家里是极少吃羊肉的。偶尔吃一次，对全家来说绝对是一个大工程。别的不讲，单就吃完后收拾锅、碗、筷，已是我见过的最复杂的场面。先是与平常一样，将锅碗勺筷洗净。再是灶膛里撮一锨冷却后的火灰，直接用手抓一把，把碗一个个地用灰抹，筷子也是一支支地在灰中抹，直到抹去水渍、油渍。锅里也撮一些火灰进去，用手来回抹，把刚洗净带着水渍的锅用灰抹干。最后，凡是沾过羊肉的器具，用火灰处理完后，放入锅中，再用干净水清过。极像现在卫生防疫部门在小餐馆墙上贴的"一洗，二清，三消毒"的规章制度。这种洗法，绝不是我们家发明的，由此可见，那时山里很多人是极怕这羊肉的膻味的。

下塘人吃羊肉，要等到六月间，坡上的花椒红了。花椒是山民的一项好收入。就算遍是石头的山坡，石头与石头之间只要有一捧土，花椒就可以活下来，并且，用浑身的刺保护自己，让闲散的牛羊、顽皮的孩子以及勤劳过度的妇人伤害不了自己。种花椒的农户不是少数，除了自家用作调味品外，摘下来，晒干后，换几个钱，急抓时，也能应付一下。在光秃秃的山上奔波了一个冬天，寻找枯草和败叶的羊，从春天开始，一直将青草从冒芽吃到坡上的花椒红。此时，它们身上不仅长好了肉，长好了膘，而且，让油光水滑的鲜美，充满青草的香味。

小时候，离我家不远的大路边就是生产队的羊圈。每天早上去上学，正好看着把羊赶出来。在冬天，踩着刚拉出的冒着热气的羊屎疙瘩，嗅着羊骚味，一路打笑，也很好玩。只是夏天到来，要么等羊群走过一阵子，要么快快地从路边跑过去，因为羊身上跳蚤多，会跳到人身上。跳蚤的跳跃性和战斗力均比虱子强，极不好对付，有时会让你挑灯夜战到天明。牛羊都是生产队集中饲养的，家里只是养些猪、鸡。牛要出力，下地干活儿。羊则不然，可总不见生产队里杀羊、分肉，想必是由生产队卖了换成钱，算作副业收入了。当然，还有那一圈的羊粪，属顶好的农家肥。

在县里上班的时候，因为工作的缘故，到基层下乡是常事。乡下自然有一些熟人、朋友，也就有了吃羊肉的机会。花椒红了，羊也肥了。下塘人多在这时候吃羊肉。想想也是，物资匮乏的年代，会过日子的人，一年之中，哪怕美美地吃上一顿，都是要热热闹闹地计划好，要有仪式感。

要把整整一只羊的肉一天吃完，想想就是件欢死了的美事。不像杀年猪隆重，比如杀年猪时，要找阴阳先生或识字的人翻皇历、定时辰。屠户一刀进去，主人手中早就准备好黄表纸，要在从猪脖子里喷出来的第一股血中蘸一些，待主家给屠户炒好肉，吃之前，要连纸带血烧给四方诸多神灵的。杀羊简单多了，不须等到什么节气，随时宰杀就是。不用烫毛，直接剥皮。羊杂除开，也不分类，从头到尾，里里外外，一锅炖。

一般是日子过得不错的人家，最起码灶房大、厅房大、院坝大，来帮忙的人手多。吃羊肉的时间要早些定下来，亲戚、朋友要早打招呼。放下手里的活计，从四面八方聚过来，也是件不容易的事。杀只羊，总得从远处请几个人来吃，有人脉，对主人家而言，也是高兴的事。记得奶奶就经常用《西游记》骂从小好吃的我，猪八戒好吃，把当神仙都耽误了。说的就是吃饭是要浪费时间的。

要请乡间的厨子来主持，用大锅，羊身上的部位，按煮熟的时间早迟安排下锅。对付羊肉膻味的办法是用自家有的核桃、上山干农活儿时顺手挖回来的野党参、去年冬天给家里小孩从县城买的橘子吃过后晾干的橘皮、红红的干辣子、新鲜的花椒，一股脑儿地倒入锅里，和羊肉一起炖。将好未好时，一盆洗好切好的萝卜坨坨倒进去便是。此处的萝卜，自然是自家地里拔回来的热萝卜。热萝卜不是在地里发热的意思，过去，当地种萝卜分两个季节，为着区分，就把热天成熟的叫作热萝卜，这热萝卜和刚红的花椒、肥美的羊肉，也算绝配。厅房那边就开始搭桌子、摆碗筷了。

这几年像吃羊肉这样的盛事，搞得要复杂些了。会在热腾腾的炖羊肉端上桌之前，弄些凉菜，先喝上二两，村里南坪民歌唱得好的人、琵琶弹得好的人事先要请来，边弹边唱边喝，动静大得半个寨子都知道某某家这天杀羊请客了。羊肉像是配角，酒酣时，羊杂、羊肉、萝卜混在一起舀一碗过来，面上撒一把芫荽，食量小的，这一碗便够了，饭量大的再吃再舀，或是加一个刚出笼的白面蒸馍。

最忙的当数左邻右舍过来帮忙的女人。不过现在洗锅洗碗早已不用灶膛里的火灰了，而是各色的洗涤剂。隔天吃饭时，手里的碗，一嗅，还有化学味。化学一词开始进入村寨的生活，那些读过中学的妇人在自家地里打农药时，为强调药效好，会说，人家这药是从县上买的，是化学的。这是早年，现在的农家，慢慢地，也不喜欢化学了。洗碗还是用洗涤剂，只是家家有了自来水，清洗得干净多了。

韭 角 子

大多的地方把这种食物叫作韭菜合子。九寨沟地处偏僻，给它起了个名字，叫韭角子。我不知道这叫法是九寨沟独有，还是从广袤的西北传上来，因族群和方言变化的缘故，演变成了这种叫法？两种都很形象，一个强调把菜包着，一个强调形状像角。差不多，一说便知是那么回事。

割韭菜一词出现在网络上已不是什么好词，多用于股市或商圈，或还有象征。韭菜的属性是总被反复收割。过去，在田间、地头零零星星种着，算不得正经蔬菜。想起了，割一茬儿，也无伤大雅。这一次次被食用的属性，便成了被压榨、被欺凌，并且无法反抗的代名词。

一般农户人家的自留地是舍不得种韭菜的。日子过得殷实的人户，留一溜地，种上韭菜也是很稀奇的。我印象最深的是我们家也曾种过那么一小块地的韭菜。1984年的7月，我刚毕业，等学校发派遣证的时候，也就是18日晚上，当时还叫南坪县的县城，后山下暴雨，关庙沟、趴拉沟和县城白水江上游几公里的撮箕沟，同时暴发了灾害性泥石流。南坪县城附近十多公里范围内均受灾。我们家就在离关庙沟口不远的地方。我回到家那天晚上，又是大雨。左右邻居没一家人敢睡觉。我便冒着大雨，摸黑去关庙沟口看水势。在沟口，遇到年龄比我大几岁的亲戚，也在看水。他说，我都来了半天了，没事，回去睡觉。放在现在的话，自然有人来疏散群众，有机构专门预警。那时，像是听天由命，没人管一样。这洪水过后，我家在关庙沟的自留地，因为地势高，只被泥石流毁了一个角。整理过后，我记得种过一段时间的韭菜。这是在我的记忆中，我们家第一次种它。

　　真正的好吃嘴们都是讲究时令来吃的。比如每年第一批的明前春茶。经过整整一个冬天大自然的滋养，吸足了天地之间的精华，此时鲜叶内的营养物质最为丰富，口感最好，香气最浓，自然是上等的佳品。其实，人们吃的、品的已是时间，时间越长，人与饮食之间的感情越深，越能懂得食材的美好。现在，买粮吃的农户越来越多。周围的邻居们把能浇上水的好地，都拿来种蔬菜，而自家吃的米面，大都在超市里买。前两年，去甘肃采风，一位家里还有地在种的当地诗人对我讲，他们家吃的白面是自家种的两年生的小麦磨的。两年生，当时就把我蒙住了，一个急转弯才明白，冬小麦就是两年生，而当年播的春小麦便是一年生。

　　回头又说韭菜。奶奶年轻时会做吃的，在她那个年代，尤其是她年轻的时候，算是讲究的人了。后来，日子过得一天比一天紧，吃的东西没了，可是，手艺还在。韭菜和茶一样，一茬茬地，要割到秋天。现在城里的人是无法知道头茬韭菜的香的。一律的大棚产出，韭菜们整齐地软弱，看都看不见日月，哪还谈得上吸取日月之精华？自然没了香味。还有温差对水果蔬菜的品质也有很大的作用，大棚里的恒温，让蔬菜们连一丁点儿的历练都没有经受，好吃从何谈起？只有让能够喝出明前春茶的妙的人，去吃吃这头茬儿韭菜，他自然就会懂得。每年，头茬儿韭菜什么时候上市，奶奶就会惦记着，给我们做一次韭角子。韭菜都是县城周边的农民自己种的，一大早从地里割来街上卖，买回家，还新鲜着呢。把韭菜择干净，清水洗了，放在笤箕里，把水汽晾干。和面，案板上的面团揉得适度后，用盆子一扣，不管它，让面自己慢慢在那里醒。豆腐切成粒，在油锅里炒，颜色炒得些许黄，舀在盆里。有鸡蛋更好，打好的蛋，在锅里炒得零零碎碎。切好的韭菜、豆腐、鸡蛋在盆里搅匀，放些盐、花椒之类的作料。面揪成一小团一小团，擀成皮。一般有两种包法，直接捏合是一种，捏出花边是另一种。我自小就学带花边的包法，这与追求漂亮无关。其实普通的包法，最考手艺，稍有失误，便会漏馅，而捏花边的包法便不会漏馅。包花边的费时间，花边炕好后比其他地方的面硬、死，口感不好，正应了那句老话：中看不中吃。说白了，就是包大饺子。

然后是炕。锅要大，火不能大。那时没有平底锅，锅越大，相对弧度越小，有利于把韭角子两面翻来炕。一般是干炕，就是不放菜油，原因是穷。被菜油加持过的韭角子，又是一道风景了。包韭菜的面炕熟，韭角子就熟了。因为包得紧，又是从锅里直接到嘴里，韭角子里的热汁烫着嘴，也是难免的。

一年中，如果条件允许，奶奶会给我们做两次韭角子。一次是这头茬儿韭菜上市时。另一次是秋天，最后一茬儿韭菜罢市时。过去，喜欢吃韭菜的人知道，这最后一茬儿韭菜的味道不比第一茬儿差。想想原因，应该是气温越来越凉，韭菜自然长得越来越慢，生长时间长了，自然长得好，味道好。这世间，最让人感慨的就是时间，许许多多的美好无不是时间熬出来的。

城里市场上卖的韭菜，都是大棚里长的，加上割下来后，运到城里的批发市场，再到离我家最近的菜市场，然后，还要等我有空时买来家中，一路已走失了本身的味道。这样看，很多的菜没有了本身的味道，就不足为奇了。别说是没了韭菜味，就连什么时候是头茬儿，一般的人是绝对无从知晓了。

现在大棚里的韭菜，还没有韭黄好吃。这韭黄本是见不得天的作物，种植手法与现在流行的相差不多，口感也就差不多。小时候喜欢吃韭黄。倒不是韭黄本身有多好吃——山里面没人会种这像是得了白化病的韭菜一样的韭黄——主要是稀罕。再就是因为少见所以就得和肉一起炒，就是那川菜中的韭黄肉丝。只要是肉，那时就没有不喜欢的。

口味越来越寡淡，现在的韭菜已没多大意思。不由得让人想起九寨沟的荒坡上春天会长一种野韭菜，当地人叫岩韭，韭菜味浓得吓死人。我在想，为什么这么多搞蔬菜研究的，不去把那岩韭培植一下，也好让人找到韭菜味？

搅　　团

　　搅团与拌面饭的做法极相近，乃至很多人只是简单地用多一把面少一把面来解释它俩的区别。这就错了。像是人生一样，从表面看，每个人都是一样地养家糊口、生儿育女、过日子，实际上，每个人的生活都是一本截然不同于别人的书，没有一丁点儿的重复。尤其是那个年代，一样的天气，一样被队长吆喝着出工，走同一条路，在同一个地头，机械地干着一样的活路，甚至住一样的房子，生一样多的儿女……可每个人的内心，因为迥然不同于先民的生活方式和社会结构，也是无所适从，便如春天的野草，各自潦草着，长得毫无章法，没法说对错。

　　初识搅团的人认为，在拌面饭的基础上多搅一些面，干一些，让拌面饭的糊状成为非常形象的团状，便是搅团；工序也大致一样，效果也是大致一样。这样的看法显然是错误的。拌面饭和搅团，不仅仅是糊状与团状、稀些与稠些的区别。像是练功，仅看招式，外人看不出来多大的区别，而内力却已不可同日而语。关于这两者，一是吃饭的人对它们的态度截然不同。二是玉米面在从拌面饭成为搅团的过程中，被不同的工序赋予着不同的意义，能够表达出玉米面在其他形态中没有的能量。即使作为玉米面与水的结合，成为外观上团状的搅团，也只能算完成了一半。接下来，还要焖。作为搅团的形状成立后，姑且不论不需要汤的菜搅团，其他用单独的汤佐食的搅团，就与其相配的勾出的汤而言，因不同的品性，会赋予该种搅团不同的名称，甚至在被人们吃下时让其有不同的待遇。更甚者，因时节不同，这搅团，还能够与山里人朝夕相处的神灵相通。这汤的神奇，就像一个人有钱或是没钱，不仅穿着不同，就连走路的姿势也不同。

于是，搅团就成了不一般的吃食。这不一般自然要有不一般的说辞。在我不多的做搅团的经历中，就被奶奶、母亲和家乡饭做得上好的老婆用同一句话教育过，就是：要得搅团好，三百六十搅。这句话便是做搅团的武功秘诀。为什么提到武功？那是因为做搅团真需要体力。先把面一把把地撒进水开滚的锅里，搅匀，直到锅里开始黏稠，加水，盖上锅盖，焖一阵。这个焖很重要，水少面多，不易熟，唯有通过这一焖，才能确保后面工序的成功。开始朝锅里撒面时，先是一只手撒面，一只手搅。到后来，撒完了面，腾出的那只手需用在要紧时与另一只手上下握着叉叉棍，下面那只手主要起固定作用，上面那只不停地抡，叉叉棍的双叉的那头便紧挨锅底，不断按圆形搅动。这搅动需使大力与耐力，最见功夫，此时，只要是你抡圆了这三百六十搅，这搅团必然筋道无比。常煮饭的农妇，在旁人看来，从从容容便可打出一锅的好搅团；不常煮的，就不然了。现在，居住在成都的我，有时也会想起打一顿搅团。天然气的灶，需要一个人用双手把锅稳定住，另一个人搅。妻子面撒得均匀，我负责掌锅。到后来需要双手搅时，我也要上阵的，双手急速疯搅几十下，便吃不消，败下阵来。妻子看似搅得慢，用的是缓劲，匀称，做出来的搅团好吃。

在过去，搅团和拌面饭本质的区别就是艰辛。要让拌面饭的糊状黏稠起来，不是一把面的事，而是涉及年景、收成、生计、挨饿甚至活命等多种因素。

先说最著名的菜搅团。上好的菜搅团，吃的人不宜多，三四个人最佳。也不能少，一两个人同样无趣。很多年前，弟弟说过我，饮食饮食，吃的时候就是要有人引，和你这种人一起吃饭，还没开始吃就像饱了一样，一点儿意思都没有，与那些不管吃什么饭，都大口大口吃得很香的人一起吃，让人家引着，吃饭才有感觉。我真是不知道他这句"饮食饮食，就是要有人引"从何而来，总是让我一想起就暗暗笑一下。不过，这也算是对生活的一种总结，有趣味。

做三四个人的菜搅团，得用大一点儿的铜勺。现在，即便是乡下，用铜勺煮饭的人家也已极少。用小铁锅也是一种极具仪式感的怀旧之作。在火塘上做菜搅团最好。适量的水烧开，放进削了皮的洋芋，切小块，容易煮烂。洋芋煮过心后，放入本地制作的酸菜。酸菜在这里成为整个画面的底色，不管随后如何处理这一锅搅团，酸菜在嗅觉和味觉上的优先权，将贯穿全过程。匀匀地放入玉米面，匀匀地搅，不得急躁，像是千百年一成不变过下来的日子。一直搅到煮烂的洋芋若有若无，深色的酸菜叶子像是水池里的鱼，若隐若现。黏稠程度要筷子夹一坨，能拈起来。下菜搅团的小菜，只有两种，其他都配不上。一种是红油辣子，干辣子面，切细的火葱，一小勺盐，烧好的油，一淋便成。一种是青辣子和剥好的蒜合在一起剁碎，也一小勺盐，也是烧好的菜籽油，一淋即可。不要碗，几个人一围，就着铜勺吃。小菜直接拈一些放在铜勺里的搅团的中央，架势毫不谦虚，俨然以一道大菜自居。最酣畅的吃法是拿一个小板凳，翻过来，四脚朝天，铜勺刚好放在上面。吃法有讲究，围着的人从离自己最近的铜勺边上下手，沿着铜勺边一坨坨拈下去。菜在中间，自己吃哪种，吃多少，先拈到自己面前这方，相互不干扰。吃相实诚得如挖山的愚公，埋着头，一声不吭，各尽各的力。最后沦陷的，是放小菜的那一块，油浸得凶，味重。菜搅团的尾声部分一般属于独唱，其他人都放了筷子，剩一位把铜勺挪到面前，用筷子使劲儿，或者换一把铁调羹，慢慢地刮那层锅巴。更有甚者，再拈些菜，抹在残留的锅巴上，再把锅放在火上炕一下，让锅巴再脆一些。菜多锅巴少，完全是锅巴中待遇极高的王者。

玉米面的搅团，不放酸菜，叫作甜搅团。从川里到了高原小镇的爷爷，一直吃不习惯当地的酸菜，说是一吃胃就冒酸水，受不了。在我的印象里，爷爷的胃是不好，老了便吐血。

一是因为穷，吃得差，造下了病根；二是因为山沟里的小医院医疗条件差，对于这是得了什么病、应该怎样治，都不知道。那时我还小，这也许便是我们家很少做酸菜搅团的原因。甜搅团，就要熬汤了。汤有两种，一种用本地的酸菜熬，一种用醋。那时的物价，醋是七分钱一斤，酱油一角二，20世纪80年代之前就没涨过。熬汤要用油，只是一种能闻点儿油香的形式而已，一盆汤上面有零零星星的油花就行。油和醋要一起熬。感觉那时候的货要真些，醋要酸些，一下锅，遇热，整个灶房都充满着醋酸味。不能久熬，很快，掺些水进去，等水沸了，盐和一大把葱花搁进锅里，这汤就算熬好了。灶沿上放一排大中小不一的碗。每家的碗几乎都是五花八门的，搪瓷的算高级，一般的人家多用土窑烧制的土巴碗。按年龄或食量，每个人都有自己固定的碗。先是在碗中依次舀半碗汤，然后，根据使用不同碗的人的饭量，一坨坨地把搅团铲进碗里。我吃搅团，喜欢汤多，这样有味，香。红油辣子摆出万能菜的模样，可以出现在任何一家人的饭桌上，以及吃任何一顿饭的时候。搅团不用嚼，就着汤，一口一口地便吞了下去。玉米是粗粮，孩子们吃饭时，终是一脸的不欢喜，筷子在碗里挑半天，才拈一点点，艰难地送到嘴里。每次遇到这种情况，大人总是边收拾桌子边骂，你们的喉咙管被线扎住了吗？还不赶紧两口刨上。遇到挨骂，孩子们便会吃上一大口的搅团，然后，猛喝一大口汤，喝药一样，送进肚子去。

熬醋汤吃甜搅团，绝非九寨沟当地饮食的主流。实际上是一种本土饮食与外来习惯的综合，双方各让一步，共同参与，将这一吃食推陈出新，算是最能代表九寨沟这地方的包容和开放。当地土著根子里的陕甘习俗，再加上四川作为行政管辖的权力和文化的影响，使这个山沟形成了仿若石头与河水的关系——随着时间，水或紧或慢、或大或小地流淌，在石头上留下了它们应该有的痕迹。作为石头的人们，被时间的水冲刷着，形成了自己独特的生活习性和饮食文化。并且，我们有理由相信，随着九寨沟旅游的国际化纵深发展，本土的饮食习惯还会发生现今无法预测的变化，这种变化与九寨沟流动的水一样，谁也阻挡不了。

真正的本地人吃的是浆水。酸菜先要炒，或用菜籽油，或是一小段肥腊肉切成颗粒炼成油后炒。再加水熬，熬好后自然是撒上葱花，或是切碎的韭菜。爷爷在世时，家里人吃酸菜少些，每年也做得少，遇到家里没了，放学回家的我，就会被奶奶或母亲打发到外婆家、邻居那里去要一碗酸菜。要酸菜这个习惯，好像家家都有，也不丢人。有时候，端一碗连汤带水的酸菜走一条街，也是常事。十几岁时，家里的灶房多了一件神奇的东西，给人带来的冲击完全可以用瞠目结舌这个词来形容，这就是味精。到现在，很多吃本地饭的九寨沟人固执地认为本地饭与味精不合，他们依旧坚持着过去的做法，包括过去的作料。在酸浆水里加点儿味精，这个汤用现在的话来讲，发生了革命性的变化。浆水里来自天然植物的酸，遇上味精，提鲜的程度会大大上升，在那个年月，就是上升到了我们对世界和鲜的认知边缘，再走一步，便超出了整整一山沟人捆在一起的想象。

讲个与味精有关的事。"文化大革命"时期，羌活沟是全县知识青年上山下乡的点，全县大多知青都聚在这里集体生活，共同接受贫下中农再教育，热天与社员们一起种庄稼，冬天便分成组改土造田。现在，县里已经把羌活沟打造成一个旅游景点了。当年，父亲在羌活的工作是在知青点上修理架子车和一些简单的机械。吃饭都是在食堂吃大锅饭。一天晚上，我和父亲正吃着一贯的玉米面蒸馍和清汤寡水的白菜汤。一位医生——那时我才几岁，好像记得是姓范——神神秘秘地来到我们的宿舍，从口袋里拿出一个药瓶，拧开，抖出两粒，用一张白纸包着砸碎，在我和父亲的碗里分别撒了点儿，当然，也给自己的碗里撒上。别说，这一喝，竟与平时大不一样。记得他得意地说，谷维素，味精里提炼出来的。这是我第一次听到谷维素，也是第一次吃到，不，是喝到。一直记得很清楚，直到前段时间感觉到人很烦躁，似乎各种压力都巨大，怀疑是不是神经出了问题，让在医院工作的妻子给我搞点儿药吃。她说，你个神经病，要吃就吃点儿谷维素。我说，谷维素我知道，就是味精嘛，那以后我们家炒菜就多放点儿味精，顺便把病也治了。这是笑话，但妻子真买了一瓶谷维素，我也真吃了几天。

真正好吃的，当属荞面搅团。与玉米面的做法一样，汤的配方也是一致，只是荞面特有的口感，让荞面搅团能够脱颖而出。爽、滑，抬一坨，喂进口中，直接咽就是，细腻得与口腔和肠胃绝不会有一丁点儿的违和。再喝一口酸菜熬的汤,送一下,那才是享受。荞面搅团这口碑,说白了,还与其产量低、种的人少有关。人很多时候,真还有些贱,产量高的玉米成天陪着你,让你吃得饱、饿不死,你竟不待见,反倒是偶尔满足下所谓口福的食材,却去追捧。极像圈内人常讲的,诗是自己的好,老婆是别人的乖。

荞面搅团最出彩的时候,是每年的正月初五。初五接财神,已是全国普遍的一种习俗,只是各地因地而异,接法不一样。九寨沟叫粘财,最好的粘,就是用吃荞面搅团来粘。每年回去过年的大年初五,总是要睡懒觉的,慢慢起床,再到父母亲住的老房子,早饭和午饭就一起吃了。吃的便是荞面搅团。大年初五吃搅团,用什么来形容呢?像是庙里的菩萨塑像,工匠把像塑好后,寺院要举行开光仪式,唯有这般,菩萨的塑像才有灵性,才会普度众生,解人间一切之苦难。又如藏药,整个制药的最后一道工序,是在经历了各种炮制过程的各色材料汇聚成药丸的形式后,通过念经、加持,赋予它解除人们病害的真正法力,这个时候,真正的藏药才算横空出世。搅团虽俗,道理也是如此。初五的搅团因此也有了灵性。我们也成为沾光的人,成了来年能发财的人。这大年初五的荞面搅团,除了我等俗人吃之外,还要用筷子拈一点儿,给大门上要给全家人站一年岗的两位门神嘴上涂一下,他俩吃了,想必才会让财神进门来。可惜,门越修越好,门神还是照旧样子贴,初五那天给门神的搅团好像是不喂了,旧的习俗,也就这样慢慢没了。

桂 花 饭

写下这个标题，内心也是阵阵的失落。我搬来成都时，小区里的几棵桂花树就这么大，几年后也没见长。想必是水土不服所致。就跟我一般，无论怎样调整心态，这城市终是别人的城市，与自己没多大关系。我想这城市里的人，每一位或多或少都会和我想的一样。这是用惯了故土难离这样成语的人的通病。刚下过雨，冰冷的水泥地上铺了些零落下来的桂花，没有丝毫的诗意，像是每天规规矩矩、进出于混凝土建筑的人们。我讲这些的原因是说，这种环境下的人定不会把蛋炒饭叫作桂花饭。

能够把蛋炒饭叫作桂花饭的地方，想必生活里是有一种诗意侍候着，还透着能够对万事万物命名的自信。我已经很久没有听到有人把蛋炒饭叫作桂花饭了。想想也是，现在的人，凡事就讲直接，讲经济，讲成分。蛋炒饭三字既说了成分，又讲了制作过程，完全是一份简单明了的食物构成说明书。除了像我这样闲得无事的人，似乎已经没人在乎把蛋炒饭叫不叫作桂花饭了。

其实，桂花饭不仅仅是一种对待剩饭的态度，还是人类模仿自然的一种能力，更是把自己融入自然的一种态度。这种态度，普遍反映在中国人对餐饮的做法，甚至命名上。可以说，已经成为人类在农耕时期的文化遗产。我们越来越快地走在工业化的道路上，过去的这种能力也正在减弱。

蛋炒饭有史可查，应该是20世纪70年代湖南长沙马王堆汉墓出土的竹简上有关"卵熇"的记载。专家考证，卵熇是一种用黏米饭加鸡蛋制成的食品。熇字本义为炎势猛烈，这与蛋炒饭的做法倒是相符。又有说法，熇是用微火把汤汁煨干的一种烹饪方法，这似乎与蛋炒饭的炒不符了。专家们怎么讲不重要，重要的是怎么吃。

像我一样从农村考出来的学生，高考是件关乎命运的大事，自然会记得不少的细节。我参加高考的第一天早上，母亲给我做的就是桂花饭。记得米饭是头天晚上煮饭时特意多抓了一把米剩下的。那个时候，关于早饭的概念，在我们家里，日常是玉米面煮的拌面饭，大米煮的稀饭已是稀罕之物了，再朝大米稀饭往上，真不知道早饭该是什么做的，已经严重超出想象了。就是那句在网络上流行的话，贫穷限制了我的想象力。在那个年代，贫穷不光是限制我的想象力，而且限制了我身边和我一样的众多的人的想象力，甚至一个时代的想象力。所以，高考时吃一碗桂花饭，已是全家人极尽想象力，想到天那么远，才能够想象出的最好的早饭了。并且，能够保证一上午的考试不会因肚子饿而影响成绩。吃完一碗桂花饭,怕关键时候口渴,就用那碗,倒满满一碗的白开水喝下去。

1981年的高考,对一个农村户口的家庭而言,至关重要,直接关系到眼睛高度近视的我,能不能跳出农门,会不会戴着厚厚的眼镜下地去干农活儿。桂花饭是用家里中等大小的碗盛的,冒了尖。吃完饭后的碗,一粒米都没剩,一丝蛋也没有,干净的碗里只有些零星的油珠,说是油珠,其实,已不能用珠来形容,只是挂在碗壁上的油迹而已。这些油迹比平时的油黄些,想必是蛋黄的缘由。把开水倒进刚吃完饭的碗里,一涮,水面上便是油星。等着凉一些时候,嘴里的饭也嚼着嚼着咽下去了。这时的水温刚好。一大口温温的水喝进口来,整个口腔像是吃完饭的碗,被这一大口水一涮,把口中的油又搅动起来,在舌头上乱撞出一些不一样的香来。然后,嘴一闭,猛地咽下去。这水也不敢乱喝的。不喝,有油,有盐,又是鸡蛋,又是干饭,肯定要口渴。喝了,又怕到时候要撒尿,浪费时间,耽误天底下最最重要的考试。这纠结,也像是一道颇为复杂的数学题,用现在的词,纠结呀。

现在细想起来,高考时的桂花饭应该是我吃的最后用桂花来形容的蛋炒饭了。因为那个让我第一次知道蛋炒饭有这么一个诗意的名字的人——我的奶奶,就在我接到录取通知书的那几天走了。从那以后,再没有人给我说这个诗意的名字。直到世事把我也变俗,只是偶尔地想起,心酸一下。我知道,这是我内心深处尚存的一点点未泯的良知。

小时候的县城,究竟哪里有桂花树,我已经记不得了。但是,见过,嗅过,确实香。应该是过去的大户人家留下来的,一般的人,哪有闲心种这种树。我依稀有印象的,小时候,家里靠围墙的地方有棵歪来歪去的石榴树。那时候,有院子,或者房前屋后有空地的,种石榴的居多。九寨沟的风景出名之前,在外传播力最强的,便是那首闻名于世的南坪小调《采花》。里面就有"八月间闻着桂哟花香"的唱词。后来,不知什么时候,又听到南坪民歌《盼红军》,调子是老式的,词变了,不是每月都写有。比如八月就没了,从七月的"七月里谷米黄哟金金,造好了米酒等哟红军"直接跳到了九月,"九月里菊花艳哟在怀,红军来了给哟他戴"。想是后来作词的人没有办法把对红军的期盼放在与月份有关的那一句中,只好再起一句,这样一来,歌词太长,与曲不配,只好少了些月份。知道桂花酒,则是因为毛泽东的诗词有"吴刚捧出桂花酒"。父亲爱喝酒,改革开放后,条件好了些,家中便多了些乱七八糟的酒瓶子。有一个叫作桂花酒的瓷瓶,印象极深,画有吴刚,之所以印象深可能与我小时候喜欢读各类神话书有关。直到有一天,奶奶说要炒个桂花饭,我才把诗里的桂花和能吃的饭放在一块儿想了。

米饭须是沥米饭。把米倒进水已经沸了的锅里,煮过心,用瓢舀进竹编的筲箕,滤出米汤,然后,又把煮过心的米倒进锅里蒸,直到水慢慢地干了,米香出来,饭就熟了。这样煮的饭,米是一粒粒地散着。小时候,大家都吃完了,就等你一个人吃完后才洗碗时，大人就会骂，你在数米吗？这个数米就是指这样煮出来的饭，是可以一粒粒数的。当天的米饭还是有些粑，放一夜，弹性刚好。本是稀罕的吃食，有一碗在灶房里就那样放着，都会让人惦记出不一样的香味的，何况用油、用蛋来炒。锅要大，现在城里人小厨房里的锅完全炒不出桂花状来。先把蛋打在一个碗里，放点儿盐，使劲地搅拌，直到有些蓬松的感觉。蛋先下锅，再把米饭倒进去混在一起炒，这是技术活儿了。柴火适中，慢慢地弱下去，让油、米、蛋充分地融合。黄的蛋裹在白的米粒上，整个米粒像是一颗颗的桂花。最后，一把切细的葱花撒进锅，一翻，原本的香，再加上这葱香一起来，便起锅了。

现在的炒饭已被扬州炒饭一统天下，乱七八糟地配些鸡腿肉、火腿肉、干贝、虾仁、鲜笋丁、青豌豆、鸡蛋、葱花等。这扬州炒饭本该是把扬州彰显得比其他地方富庶的，可效果不好，像个本来貌美的女子，一通胭脂粉，反倒描花了，俗气得很。

直到写这篇文章时，我才向身边的好吃嘴问起桂花饭的说法，朋友告诉我，川西坝子这一块过去也把蛋炒饭叫桂花饭的，再远的地方也有的。九寨沟过去少有水稻，吃米已是奢侈，这名字多半是从富庶的四川内地传去的了。爷爷是内地人，桂花饭定是他说给奶奶的。然后，到了我这儿。我就不知道它还会流传多久，因为，人和事已经变得太快，由不得我们。

操 操 饭

　　不光是粮食紧张的年岁，就是过去的正常年景，九寨沟当地人的主食依旧是玉米面。九寨沟能浇水的地是不多的，尤其是农业学大寨之前。即便是沿河能浇上水的地，一般人家也要种玉米。产量高，即便是粗粮，只要柜子里有，心中总是坦然些。合作社后，为了保住粮食总产量，大片大片能浇上水的梯田里，玉米依旧是种植的主要农作物。粗粮禁得住饿，这一点在物资匮乏的年代，头等重要。用当地土话说，要放在头匹肋巴上。小时不懂，为什么要放在第一匹肋骨上，长大后才知道，讲的是这头匹肋骨离心脏最近，要时时刻刻心里默念着的。即便是玉米面，这操操（cǎo cǎo）饭也不是想吃就吃，想煮就能够煮的。干，费粮，是馍馍之外最结实的饮食，一般是农活儿要紧时才煮。另外，逢年过节，遇着什么好日子时才可以煮的。

　　从小我就不喜欢吃操操饭。玉米面粗糙，操操饭又干，吞在嘴里，满嘴乱窜，要用很长的时间才能用唾液把它们揸在一起。然后，需哽很久，费很大的劲，才能咽下去。

早些年，农户人家遇着修房造屋、红白喜事，或是自留地里需要集中时间和人力做的担粪、锄草等活路，都是要亲戚邻居来帮忙的。家里有人来帮忙干活儿，总是要管饭。对这些来帮忙的亲戚，还有一个队上的隔壁邻居，要提前去说好，讲清楚要干什么活儿、什么时间干。然后，他们会在自家吃了早饭，带上需要的各种工具，早早过来，这样不耽搁时间。中午一般是蒸馍，条件好的人家，自然是白面馍，条件差的便是玉米馍了。再配上薄杂面和小菜，算是顶好了。也有煮菜汤的，素菜汤，时令出什么菜就煮什么汤。唯一的区别只是汤里漂的油花的多少，这与家境有关，与女主人会不会过日子有关。当然，也和主人家是否大方有关。晚上，条件好的人家，是要煮操操饭的。煮操操饭的关键不在于饭本身，而是但凡要煮操操饭，必须要做几个菜，必须要有荤菜。

操操饭吃起来不赶口，可是，与它一起的菜总是让人垂涎。因为要出力气，多数人家做操操饭时要配荤菜的。日子紧时，炒一碗自家做的酸菜，也是常事。

挂在灶头上烟熏火燎、已经变黑的老腊肉，取一块下来，一把玉米面抹在上面，使劲搓，再就着温水用灶房专用的帕子抹，便可洗净因长年的烟熏而附着在上面的扬尘和腊肉表皮上已经发黑、慢慢朝外面浸出来的黑油。老腊肉和事先在水里发好的干野菜一锅煮熟，切成巴掌大的片，肥处亮晶晶，瘦肉发那种暗暗的红。说起亮晶晶的腊肉，现在的人是可遇而不可求了，被人称为玻璃肉。这玻璃状的肥腊肉，一是肉猪本身须是粮食喂的，肉质紧密，与添加剂饲料喂养出的完全不一样。二是制成腊肉的时间要长，要给腊肉慢慢地把肉中的水分一丝丝赶出来，让肉本身的香味慢慢浓郁的时间。三是不急功近利，缓缓而自然地烟熏，在锅头上，人们煮饭时才吸些烟火味，平时只是让这烟火味浸进肉里，不像现在急火攻的腊肉，只有烟子的臭味，没有丝毫被烟火慢慢逼出的肉香。所以，不要说现在我们吃不到好腊肉了，要怪就怪我们自己已经没了时间，没了等肉慢慢长的时间，没了让腊肉慢慢熏的时间。这是我们多年来各个领域都在试图不要过程、只要结果所造成的一种悲哀。这玻璃样的腊肉，一咬，嘴角流油，万不可真让它流，用舌尖舔回去，就着嘴里干爽的操操饭一起嚼，便是出了大力气、干了重体力活儿后最好的口福了。这也是幼时，母亲切肉时，我们偷偷吃一块解解馋的乐趣所在。一般人家是没有把腊肉切好直接吃的吃法，这样太奢侈。腊肉切好后，要和着些蔬菜炒，或者与春天时采的、晾晒干的野菜一起蒸。肉虽不多，也能做个七碟八碗，看着就养眼。就着一块已经被煮、蒸、炒得与房梁上吊着时截然不同的肉，进一大口操操饭，一阵大嚼，直到朝肚子里咽时，感到有些哽，便喝一大口煮肉的汤，口中各个角落藏着的粗糙的玉米被打扫干净，吞了下去，满口只留下汤里的肉香和野菜的清爽，这样，也算是那个年代农户人家过日子的人最过瘾的吃食了。

下面是发生在"文化大革命"时期的一个真实故事。那时，县里的干部都要到生产队里参加劳动，每月还有一定的天数规定，只能多，不能少。吃饭自然也是在农民家里搭伙，没人敢搞特殊。此领导在那个大多数人都不敢有歪点子的年代，绝对是个人精。面善，嘴甜，到了乡下搭伙的那家，该怎么交就怎么交，嘘寒问暖随时都挂在嘴边。说到吃什么时，总是对农户家中煮饭的老人说，婆婆，我们的伙食一定要简单，平常吃什么就煮什么哈。天气长，活路多，那我们就煮操操饭？好呀，那就做玉米面操操饭，千万不要弄其他菜，煮一点儿晾干的薇薇菜就是了。这干部口中的薇薇菜，就是字典里的一个单字，薇。当地人叫作薇条，外面来的川里人叫得比当地人好听些，牙尖，音拖得又长，薇薇菜。这薇条，新鲜时吃多了，刮油，还会中毒。当地人过去多不懂，遇到中毒时，便怪采野菜的人，说是把长虫爬过的薇条采回来了，这才会中毒。夏天采来的薇条氽个水，一顿暴晒，毒性自然没了。晾干后，便收起来。这干薇条，平日里没法吃，太刮油。只有在煮腊肉时，放一些，合着一炖，肉自然就肥而不腻，菜在肉汤里一煮，算是用油洗心革面，又爽口，又清香。领导就是领导，有水平，饭是农家的最普通的，玉米面做的操操饭，菜是野菜，谁也揪不到他的不是。端起饭碗才说，婆婆，你看你，说好了的，我只吃薇薇菜，谁让你们放肉的？下次绝对不准这样了。这个故事是煮饭婆婆的同我一般大的孙女多年后告诉我的，她说，现在才知道，那个领导又会吃，又会说，还不犯错误，人精。哈哈。

现在说说玉米面操操饭要怎么做。锅里的水煮开后，玉米面篷在锅里，盖上锅盖，先蒸。所谓篷，就是一勺面迅速倒进沸着水的锅里，让水与这一勺倒入锅中的面接触后，尽快形成保护层，水是水，面是面，靠水汽的高温在锅里把玉米面蒸熟。水和面的比例是关键，不是多年在家里煮饭的主妇是不容易把这比例拿准的。蒸到有些面香了，再把内层的面均匀地朝外面的水里操。这一道讲究，不能粘成一团，要让玉米面成一粒一粒的，每一粒周围都由干的玉米面裹着，一锅的松散，每一处都散发着粮食熟透的温度。那些低着头煮饭的农村女人，一粒粒地操动，像是在翻捡自己一年来在庄稼地里的收成，更像是用筷子在锅里盘算着一天天过着的日子。做操操饭的手艺就在把玉米面煮成一锅像大米饭一样干湿适度的颗粒，多一分水便黏，多一把面则干。然后，盖上锅盖，再蒸，再操，反复几次。灶里的明火撤了，慢慢地焖，有些许的锅巴香弥漫开来，操操饭就熟了。

玉米面吸油，头天吃剩下的操操饭，第二天放些油，炒着吃极好。像是现在做得好的蛋炒饭专门要隔夜的饭，脱一下水，米粒硬些，一粒粒的，炒出来效果极佳。把操操饭炒到有些变色时，放点儿盐和葱花，铲在碗里，也不要菜，嚼一阵，就一口凉温的白开水咽下就成。炒出来的操操饭，最香的是把颗粒状的饭吃完后，剩下的接近现在面包糠的样子，沙，吸的油也多。

我在下双河村读小学时，有关灶房的记忆，最深的是立在灶边的房柱子上挂着的那根已经干了的腊肥肠。冬天杀年猪时，肥肠反复洗净，肠子上的油用手撕尽，拿去炼油。说是撕尽，其实是撕不尽的。这肥肠不像现在，拿去一锅红烧，一顿便吃了。而是用一截麻绳捆成一吊，和做的那些腊肉一起挂在灶头上，让烟自然地熏着。时间一久，肠子外面看似晾干了，里面却藏满了油。每次家里做操操饭时，我总是想着，有剩下的就好了。而这样的时候几乎是没有的，偶尔，也就是一小碗，刚好够我吃一顿。奶奶先给我热剩饭，挂着的腊肥肠也不拿下来，直接用菜刀在整根的肠子上切下一截，也不洗，在菜板上切成极小的一圈圈的，放在烧好的锅里，等油都煎出来，冒了油烟，再把操操饭倒进锅里，来回地炒。这个时候，站在锅边等着的我就会跟奶奶说，多炒下子，多炒下子。奶奶也听我的，会问我，行了吧？再炒就焦了。然后把葱花和盐放进锅去，葱香一出来，就起锅了。炒干的操操饭比新做的，吃进口里更窜得凶，不同的是这是有油的窜。带着油的玉米面在口腔里的来回走动，感觉完全不同，那种粗糙已经变成了生活困难时期一种久违的油香的放纵，尤其是嚼到因为油煎已经变得极小的肥肠油渣，仿佛，这点儿油渣便是世界上所有香和美味的精华。但是，有一点要切记，这腊肥肠，千万不能用来炒剩下的米饭。这世上，很多事物不一定非得是好加好就等于更好。有时候，好加好等于的是不好。比如，腊肥肠加剩米饭。

现在想想，我作为一个肥肠控的源头会不会就是这里。肥肠不说，有段时间，每次上酒店吃饭，只要是我点菜，总是会点一份油渣莲白，又荤又素，如同大俗大雅。腊肥肠只能充当油的作用。在我的记忆里，腊肥肠已经太遥远，估计再也吃不着了。早年的腊肥肠本就当着油，一年四季搁那里，又不坏，随时吃时又方便。而现在的肥肠与肉一样，是菜，再没人专门做这腊肥肠了。加之慢慢挂在灶头上熏着，已不可能，因为烧柴火的人家，即使县城边的农村，也越来越少了。

与洋芋一起煮的操操饭叫洋芋操操饭。与自家做的酸菜一起煮的操操饭叫酸菜操操饭。与一种叫空筒子的野菜一起煮的操操饭是空筒子操操饭……人生便是如此，生活与口粮越是单调，反而越会激发人们的想象力和创造力。

有一次，和几位喜欢肥肠的朋友凑在一起，去金沙遗址博物馆旁边的一个苍蝇馆子吃肥肠。凉拌、蘸水、红烧、清炖、干煸、爆炒各种花样，不一而足。回来后，便写了上面的字，本是完稿了，随手发给家乡的弟弟看，不料，还引起了一段关于操操饭的记忆。他说，还记得操操饭的歌不？然后在微信上用语音给我唱了一段。好像是一个夏天的下午，夏天天长，黑得晚，老早就饿了。我和弟弟放学回家，自然盯上了中午剩下的操操饭。大人们不在，炒饭时可以多放些油。玉米面特别能吸油，再多也不易看出来。想起九寨沟形容一个人酒量大，说是把酒倒进石疙瘩窖里了。再多的酒倒进装满石子的窖，瞬间就看不见，用这来形容酒量，我在其他地方还未听到过。一粒粒的操操饭就像是石疙瘩，再多的油倒进去都不会看见的。菜籽油的黄和玉米面的黄在锅里被高温混合后，散发出一种格外的香和灿灿的黄。一般吃完油炒的操操饭后都要在碗里倒上半碗白开水，玉米面的颗粒早就没了，油花是有的，在碗里的水面上慢慢地漾，直到把整个碗上的油都漾到水面，然后喝水。喝完水的碗，像是没有用过一样干净。这个过程完结后，我俩觉得必须应该有一个举动来形容这种美食过后的晴朗心情。那时候，县城后山坡上的高音喇叭和学校的喇叭成天放着一首叫《团结就是力量》的歌曲。一切都那么自然，歌词"团结就是力量，团结就是力量，这力量是铁，这力量是钢……"被我俩水到渠成地改成了"操操饭好吃，操操饭好吃，操操饭的操，是好吃的好……"我们边唱着歌，边敲手中的空碗，直到天黑时大人们回来。至于我俩擅自热了剩饭吃，并且用了那么多的油，挨大人骂没有，确实记不得了。

荞　　面

荞麦产量极低，虽源自我国，古老，与庄稼人相处甚久，但自古以来也算不得什么正经庄稼。荞麦黑色的外壳坚硬得吓死人，极像中国的农民，就是遇到灭人的大事，也会顽强地活下来。小时候，遇着有大灾发生，常听老人们或喃喃低语，或扯起嗓子大吼一声：老天要灭人了！吼了就吼了，然后继续默默地由世道碾着。

九寨沟的农人说荞是懒庄稼。沿河住的人家，水田、平地里是不种的。住在高处、气候寒冷地方的农户，收了早熟的庄稼，多在田边地头随手撒些上年积下的荞籽。不施肥，不除草，由着它自己长。这荞麦花虽开得艳，命也是贱的。农户们也不管，就等着荞花把那一片地染成粉色或是白色。远远地看，像是给快要结束的秋天里那千疮百孔的大地缝了块漂亮的补丁。荞麦花期短，谁也料不到开得这般艳俗的花，竟然结出了坚硬无比的三棱锥样的荞籽，黑黑的，硬硬的，丑得扎手。小时候睡过用荞籽的壳做的枕头。枕套的布薄，一觉起来，脸上像是长满了麻子。好处是通透，一盘散沙样的荞壳，和人不同，看似形状一样，却个个具有极强的独立意识，永远不会你好我好，结成一团。形状由着你的心情来调整，适合做枕头，由你什么形状的脑壳，都能放下。时间久了，拿出来洗洗，晒干，装回袋子，又睡。现在的超市像是也有卖的。做这枕头卖的老板，想必和我一样，从小在农村睡过的。

荞麦产量低。玉米收割后的坡地，闲着也是闲着，乡下劳力好的人家照例会每年种些。等到打霜时，荞也熟了，正好用上闲地。收下荞来，荞壳除自家用外，也会送人。我小时候睡过的荞壳枕头就是乡下人家送的。当地人把20世纪50年代末、60年代初的那个时段叫作生活紧张时期，荞壳磨细了，曾是续命的好东西。我们家住在县城，自然少了乡下的那种大片大片的田边地头，想种也是没有办法的。当然，主要原因还是人少，劳力弱。磨荞面的工序就要复杂一些了。连秆一起割回来的荞，晒干后，先是脱粒。再把荞籽三角形的黑色的坚硬外壳去掉。去壳、磨面就是手艺活儿了。我知道的是背到河边的磨坊去，大把大把地灌进磨眼，这一次磨下来的效果是把硬壳和荞麦的芯分离开来。蜕皮后的芯，慢慢地磨成细面。平常光景，荞秆粉碎，是牛马的上等饲料。遇到饥荒时，把荞秆碾碎，水里浸泡两天，捞出荞秆，水慢慢滤尽，会留下一层白白的淀粉。生活困难时，这也是人们为保命想出的办法。荞的生长时间短，遇大旱之年，主粮玉米歉收时，农人会多种一些，作为主食的辅助。吃法多是与其他几种面混在一起擀，做杂面。现在，说是荞面降三高，是保健食品，连有钱人每月也要吃几顿，种的人也就多了些。不管怎样，漫山遍野地种着，荞花开着，也很好看。

过去，吃的荞面，都是乡下的亲友们送的，知道城里人多地少，事多，没有闲工夫，不会去种当不了主食的玩意儿，自然稀罕。淀粉含量高，易消化，入口爽滑，加之产量低，现在去乡下走人户、看亲戚，擀荞面、摊荞饼也是招待客人的上等饭食。荞面性凉，黏性差。这倒像农村人敦厚的德行，不会嬉皮笑脸地与你处。就凭这德行，在农村人多的地方扎堆，你是轻易看不出那个好来的，可如果把他放在吝啬小气的城里人中，你一眼就能区分出来。难怪还记得小时候乡下人挖苦县城里人的话：乡里人给你宰头羊，城里人给你指堵墙。年少时不懂得指堵墙是啥意思，后来才明白：城里人偶然遇见某年某月自己去乡下时宰过羊款待过自己的乡下人来城里赶集、办事，于是一顿热情洋溢的客套话之后，便说自己正在忙乡下人不懂的大事、急事，临分手，指着一个方向说，从这儿走过去，左拐，再走，我家就住在那边，等你办完事，一定要到家里来。实诚的乡下人按城里人指的方向寻过去，抵拢倒拐后，哪里有人户？只是一堵没门没路的墙。假设再遇见，城里人会边埋怨乡下人边说，你看你，上次我在家里备好饮食，就是等你不着，寻了，也寻不见。开始，乡下人当真，一脸的愧疚，搓着双手，低头看脚，像是自己连路都识不得，做了一件对不住别人的错事。往返几次，才知城里人的话当不得真，也就有了这句话，用来揶揄自作聪明的城里人。

一个地理上的称谓现在的九寨沟县人用得越来越少了。反修桥以上藏族为主聚居的地方统称为上塘，反修桥以下的汉族聚居区则称为下塘。下塘过了川甘分界的青龙桥，便是甘肃的文县。下塘人的语言、习俗和饮食算是和甘肃的文县同出一源。过去，下塘人每家的女娃子从小就擀得一手好面。能不能干，用现在的话说，擀面也算是标配之类的，少不了。妻子是下塘人，生在郭元塘上，从小在那里长大，读高中时才到了县里。据她讲，各种农活儿都干过，各种饮食都会做，比我强多了，荞面、白面、杂面等，自然都擀得好。

九寨沟当地的汉人，受甘肃的影响，或者本身的祖上就是从下游的甘肃上来定居的，饮食习惯与甘肃接近得很。大凡从小出生在农村，在乡里长大的，都好那一口从小吃着长大的食物。现在，多数人把这些食物叫作九寨小吃。不管走到哪里，也是忘不掉，比如我成都家中的冰箱、冰柜，好东西没有装，几乎都是被从九寨沟带出来的酸菜、野菜和腊肉塞得满满的。说到腊肉，川人在做，受四川文化影响的整个西南都在做，腊肉成了一种文化。尤其是城里，遇到入冬后杀年猪的时节，熏腊肉、香肠的烟子已经成了让当地政府治霾时头痛的一件事，这几年像是好多了。腊肉风味取决于不同的水土、湿度、气温，还有海拔等因素。各种宣传也是混淆视听，一味地说自己的好。我一直固执地认为每个人都会认为自己家乡的最好吃，因为从小一路吃过来，年龄慢慢老去的我们，吃什么都不重要了，吃的不外乎就是个记忆而已。

逢年过节，机关事业单位上班的人都要值班，怕是愿意的人少，多数是极不情愿，又不得不值。值班的人，或多或少给自己和家里人留下遗憾，年不像年，节不像节的，这也算是一个特色。我在来成都之前的职业生涯中，如果遇到不用值班，就像捡了个大便宜似的。在九寨沟县政府办公室工作时，就是平日里，不管啥时候，只要听到街上有拉火警的警报，我就会打电话到消防队，问哪里又闹火灾了。有一次，刚打完电话，妻子说，商量个事。我说，什么事？她说，你干脆调到消防队去上班吧。哈哈。

有一年的春节，妻子在阿坝州的州府所在地马尔康的医院值班，回不了九寨沟过年。对老一些的九寨沟人而言，回家过年就是天大的事。想起来，我在马尔康工作过六年，春节值过两次班，她陪过我两次，怎么说我也该去陪她一次了。马尔康是座在窄窄的峡谷里沿梭磨河建的城市，人少到一眼便可望穿整个城市。平日里还不觉得，可逢年过节定是一座空城，人大都跑到成都、都江堰去了。春节尤甚，连一个像样的仍然营业的小餐馆，你都找不到。有句老话说，叫花子都有三天年，何况辛苦一年赚到了钱的生意人。妻子一个人在那里工作，住的公房是办公楼改成的宿舍，连正经的厨房也没有。平时也就食堂、小吃店的凑合着过了，遇到过年，街道的餐馆关张了，人也只是留下来值班的，大街上几乎没什么人。好在有一家在马尔康工作的九寨沟老乡，临走把钥匙留下，把厨房给我俩用，算是解决了最大的问题。记得沃尔科特的《白鹭》等图书就是那次过年时,在人家客厅读完的。马尔康冬天冷得很,我烤电炉离得太近,妻子说我,你干脆骑在电炉上面吧。这话说得多可恶,骑马骑牛见过,谁再大的胆子,敢骑电炉哇?

　　没有过年的丝毫热闹,少了亲朋之间的相互走动,落个清闲也好。没事,便做家乡饭。一是解了嘴馋,二呢,闲着也是闲着。擀荞面属于家乡饭中的高端技术活儿,一般的人是不敢下手的。好在妻子从小就给家里人煮饭,得了真传,手擀各种面都不在话下。擀荞面讲究。全部荞面,不仅不好擀,而且黏性差,根本接不拢,需要掺和一些白面进去。比例的多少,除关系好不好擀之外,更重要的是关乎整个口感。荞面过多则和不拢,擀不薄且不说,形都成不了。荞面过少,好擀,吃起来却荞面味淡,没意思。掺和好的荞麦面,擀起来比光是白面的要费力得多。把荞面在面板上薄薄地擀好,再撒一些干面粉,来回叠起来,再用刀切成韭菜叶子宽窄。切面的刀,是专用的,一尺来长最合手。过去的大户人家,人多,面也擀得多,擀面板大,切刀也长,有近两尺的。不过现在人家已经没有了专门的切面刀,成都的超市是买不到的,不知北方有没有?切好的荞面,煮也讲究。锅里的水滚后,把面条一边抖一边下到锅里,怕粘在一起。煮熟后,要捞到一盆事先备好的凉开水中,过下水,再捞到碗里,这样口感更爽滑,且有韧性,有弹性。臊子先要做好。臊子一般有两大类。一类是以九寨沟的酸菜为中心,围绕酸菜做文章,力求简约。先把肥瘦相间的腊肉切成指头尖尖大小的颗颗，倒进烧好的锅炒，再把酸菜加进去，炒得差不多了，加水，熬汤。汤滚几下便可以，切好的葱花撒少许，洗净切好的韭菜末大把大把地撒在面上，放盐，这汤就好了。装油辣子的碗放在桌上，由个人根据需要朝自己的碗里放，不放味精之类的舶来品，要的就是这土味、本味。一类算是现代派加实用主义的大杂烩，依旧需九寨沟腊肉颗颗主打，给汤提色提味的生抽、老抽、醋、味精、鸡精等乱七八糟也加上，最后离不了一大捧绿油油的韭菜，有时还加些与腊肉颗颗大小一样的洋芋颗颗，和腊肉一起炒，这样吃起来，又是一番风味。

很多手工制作的东西都已经被机器制造的代替。可这手擀的荞面，一时半会儿怕还不行。也有机器加工的干荞面，终是差些。荞面与白面的比例，要根据个人的口味和对荞的追求而定，人不一样，口味不一样，比例自然不一样。荞在面中的存在，像做人约束自己欲望的尺度一样，人类应该就是在这种有尺度的个性化的追求中，凸显出文明的繁荣与进步。

柿 子 酒

早先，冬闲是个美妙的词。男人们去砍柴，冬天的柴水少，没有树叶，轻一些，好收拾。女人们浆洗缝补，冬天没雨水，好晾晒。没有地里的活儿，有时间把风吹雨淋了一年的家收拾得像模像样。平日里过日子，买洋火的钱也是居家人户必须的支出。冬天好，整个火垄子一天到晚不断火，也算省钱了。

冬闲时，走人户算是个大事。走人户，走是个关键词。山再高，也高不过山里人的情义，该走动的亲戚，再远，你来我往，一户都不能落下。要不然，自己家里有个大凡小事，亲戚们见面，提起来，脸面也挂不住。不说那远的，就是在同一个寨子，山脚最下面挨着河沟的人家，到最上面山梁上架着的人家，也不是想串门就能抬腿串的。冬日里，山路走久了，倒是不冷。走着走着，身上就会不知从什么地方冒出汗来，感觉到浑身的湿。这是一种浸到棉袄棉花里的湿。到了亲戚家，一坐下，背心便渐渐凉了起来，凉到感觉整个棉袄就是一个硬壳。一进院子便是很客套的寒暄，讲完礼，便在火垄子边坐下。太阳好时，搬个椅窝子，就在院子里坐了。这个时候，女主人的柿子酒也是刚渗好。一碗下去，先是从胃里热，慢慢到了通体，背心的冷汗变得热乎起来，也就没了。棉袄也如先前一样柔和了，与身体长在一起一样。最后，那酒到了脑门，微微地醺，和主人说话的声音像是放大了，话题包括亲情和山里人单调而不可或缺的人际关系……

九寨沟到了秋天，柿子树叶子简直红得一塌糊涂，谁也不会去留意。倒是叶子中间渐渐红起来的柿子，让人无时不惦记着。柿子这种果实好，一路地涩，真正的成熟要在摘下来后的一段时间里，不怕偷，更不招惹孩子们惦记。不像苹果，从果子长到半大就要防饿鬼一般的孩子。柿子树到了深秋，叶子褪尽，树上只剩红了的柿子，像是小灯笼挂满了天空。九寨沟的柿子树原本就大，我小时候便觉得更大了。从小我便不会上树，于是，但凡能上树的人，我都觉得很厉害。邻居家有一棵老桑树，九寨沟不养蚕，属于种着玩。桑树倚着一堵要倒不倒的老墙，从墙上可以摘到桑葚。墙脚是积着水的粪坑。我还在读小学，每天放学，总要和一帮家住在附近的同学一起去干点儿什么有意思的事，比如摘桑葚吃。我麻起胆子上了墙，抓住树枝，颤颤巍巍地摘桑葚。人不可贪心，更不可不自量力，凡事非要问为什么。眼前那颗又大又黑的，为什么会让前面个头比我高、手比我长的同学留下？于是，手一伸，结果身子一斜，不可避免地栽到了粪坑里。一身恶臭，我是边哭边在同学们不怀好意的嘲笑声中朝家里走的。直到今年回家过年，几个同学聚在一起，还在提这事。不过，人在少年，做些蠢事未必是坏事，否则，年纪大了，回忆起来，日子如清汤寡水，那就太没有意思了。

摘柿子的时节，课自然是要逃上那么一个下午的。县城大河边，有一片柿子林是我们队里的。按树龄来看，想必是解放前殷实人家栽的。轮到我吃柿子时，已经是合作社的公产。在我看来，摘柿子的活儿在所有农活儿中算是对体能和技术要求最高的，多是精壮的青年来完成。一根细细的长木杆，顶端再用一根小木棍绑成剪刀叉，一个布袋挂在剪刀叉下面，用来装剪下的柿子。这工具我在其他地方没见过，绝妙。对采摘柿子的人的臂力也是极大的挑战，光朝上举起已是不易，何况还要用力。在树下站着夹时还不觉得，等低处的夹完，人上到树上朝高处夹时，那手艺让围在树下的人无不叹服。偶尔，有熟透的柿子因树梢的晃动掉了下来，自然就成了树下人的兴奋点。抢不抢得到并不重要，因为抢到的人总会分些给大家。然后，继续两眼朝上，死盯着。逃课的吸引力便在此处。零星掉下来的柿子队里是要安排专人收捡的。只是那些已经耙了的，一摔，已是稀烂，那人也就由着孩子们抢去吃了。硬的，哪怕摔成几瓣，也要捡回去，最后再分给各家各户。有时，也会假装没看见，由孩子们抢去吃，毕竟是一个队上的。太认真，孩子们会回家后向大人埋怨，什么什么谁，还是亲戚，坏得很，一个烂柿子都不让捡。其实，这时大多的柿子还没熟，红红的，好看而已。硬，涩。偶尔抢得一个未摔烂的，放进书包背回去。才摘下来的柿子，一般要放上十来天，就粑了，甜。九寨沟的柿子大到一个可以把人吃饱。

晾柿饼的人少，多是生活条件好的人家。晾柿饼的柿子需要硬的，有专门的工具削皮。说是专门的工具，其实就是罐头上的铁皮自制的。晾好的柿饼太甜，小时候不容易搞到，对此也就不怀有多少奢望了。倒是对晾柿饼削下的柿子皮有些兴趣。城镇户口的同学，父母在上班，老家又在内地的，多半是要做些柿饼的，过年回去，好带，好送人，也算是土特产了。晾干后的柿饼，甜，有韧性，在学校里嚼着，头都可以仰高一些。晾干的柿子皮，抓一大把，装在口袋里，一条条地吃，巴适，属于刚入冬时最流行的零食。还有一种吃法，怕是已经没人做了，和炒熟的粮食一起磨成糌粑，柿子的清香和柔甜给这种粗鲁的饮食平添了一种意想不到的平静和安谧。

关于还未熟透的硬柿子，山里人有一种独特的吃法，怕是要失传了。将柿子的蒂用小刀挖去，留下一个小坑，在这坑里放上拌有酒曲的麸子，然后放进缸里，盖严实。一周后，柿子中的涩味全然没了。用刀还将填入那坑的麸子挖走，切成一瓣瓣的，脆，甜，还有酒香，称为酒柿。这吃法，其他地方未曾听说过。

一般的孩子，有了一个柿子，哪怕硬、涩，必须想办法即时吃了。摘柿子时，大多的家里也在火垄子上生火了。先在火边烤，等皮烤硬了烤焦了，然后放在燃得正好的炭上。此时明火是不能用的，有烟熏味，不好吃。整个柿子被烤成一个黑色的炭球状。在烤的过程中,顺手在旁边的柴火堆里找一根细木签,均匀地在柿子上扎些细孔。柿子里面的涩汁便从这些孔里冒了出来,越冒越少,直到把整个柿子中的这种涩汁烤干烤完。炭球状的柿子晾冷,把已经很厚的炭一样的壳剥去,挨着壳的柿子深红得有些黑了,那红就像糖浸过的丝,一看便是无可名状的甜。柿子心没有这层甜,还冒着热气,颜色比外层浅一些,嫩,闻起来还有些微微的涩,一吃,水多,也很解馋。

有柿子树的人家,夹了柿子下来,自然堆在厅房的角落处。选一些硬的,做柿饼。粑的,是要送邻居与亲朋尝尝的,也算个礼数。倒是那些半粑的成了问题,一是做不了柿饼,二是无法立马就吃完,再说,一旦都粑了起来,也是吃不赢的。家境好过一些的人家,便开始煮柿子酒了。

说是酒,其实就是内地人讲的醪糟。小时候,我见过县城边的水田,用来种稻子,想必是地处高寒,产量低,后来也就不种了。大家没有米煮醪糟,便用青稞、小麦和玉米来代替。最简单的是操操饭做的酒。把锅里的水烧开,把玉米面篷上,面在水上,不能搅拌,只是用筷子扎些洞,水蒸气便顺着孔冒了上来,盖上锅盖,蒸。几分钟后,揭开,用筷子轻轻地搅拌。然后小火,再搅拌。反复几次,玉米面成了豌豆大小的颗粒,熟了。起了锅,凉冷,拌上酒曲。大户人家自然用大酒缸,要吃到来年这个时候,越往后,酒劲越大,当地话对此有一个形容——恶。一层蒸好拌了酒曲的玉米面,一层捏烂的柿子,再一层玉米面,如此反复,装好。盖好盖子,用泥巴封了口,一个月后,柿子酒便成了。青稞与小麦煮的,要珍贵些。先要将青稞和小麦用碾子碾破,好发酵。青稞、小麦煮的柿子酒,不浑,去掉青稞、小麦与柿子的渣滓,通体的黄里透着红,与醪糟相比,可以算是真正的酒了。只是青稞要粗糙些,那时自然就咽下去了,现在想想,有些难。小麦的就顺口多了。反倒是作为酒糟的玉米面,在那个年代成了整碗煮好的酒中的精华,带着柿子香甜的精华。

合作社的柿子是和粮食一样分配的,一是数人头,二是看劳力。我们家分不了几个。先是选半粑的吃了,硬的放在木片搭成的灶房顶上,打几霜,也就粑了,格外的甜。在我的记忆里,我们家就从来没煮过柿子酒。

外婆家人口多,劳力好,柿子也分得多。遇到年景好时,外婆会煮一点儿。我的最初的关于柿子酒的记忆应该是几岁时在外婆家,场景已是模糊,外婆的样子竟然是多年后她将要离世的形象。浅浅的土陶碗中的柿子酒里放的是白糖还是红糖,抑或是糖精,记不得了,只是甜味到了现在。

去年,弟弟让到成都的车子顺便给我带了些九寨沟本地的柿子。实话说,仅那涩味,就远不如水果店里来自天南地北的柿子好吃。直到在阳台上晾粑了,也没吃两个。老婆说,可惜了,我们煮柿子酒吧。老婆会煮。正好用上高原上朋友送的燕麦。发酵的时间到了,舀一些,加水煮好,放一些白糖进去。端着碗一喝,不香。再捞燕麦吃,泥了。看来这小时候的味道,不是想吃就能吃到的。

荞　　饼

　　高山上的无霜期短，只能种一季正经庄稼。收获了洋芋、早玉米之后，地也就闲着，勤快的人家便在地里撒些荞，三两个月，也不施肥，不除草，赶在打霜时收了。虽是产量低，好歹也就成了一季杂粮。小时候只觉得荞花好看，细碎，一坡地粉红，像是把一种好心情紧紧地攥在手心，想要重重地砸向将要萧瑟起来的大山。

　　收割回来的荞，在晒场里晾干，脱粒。荞麦秆用铡刀铡短，给牛马做饲料，算是它们的细粮。现在有了专门粉碎的机器，打碎，拌在煮好的猪食中，用来喂猪。在河边的磨坊，先把整个的荞从磨眼里灌进去，粗粗地拉一遍，壳和芯便分开来，再把芯磨细。一大片坡地上收的荞，磨不了多少面，费工，所以种的人少，自然也成了稀罕的吃食。

　　荞壳最好的用途是用来做枕芯，装在枕套里，松，散，像一袋粮食，不板结，不吸汗，用久了自然不臭，又随着头的形状，舒服。生活紧张那几年，荞壳和荞秆也是好东西，磨碎后，用水泡着，会有淀粉慢慢地澄出来，只是太少。饿凶了的人，直接磨细，伙着野菜，也算是一顿饭了。

我们家从未种过荞，小时候偶尔吃点儿，也是乡下的亲戚给点儿。吃得少，加上荞面的口感比玉米面细滑，咽起来很舒服，不用嚼，直接便滑进肠胃，算是稀罕食物了。奶奶一直随着爷爷在南坪街上做生意，贩进贩出的，算是精明人，后来，生活困难了，就用家里的一些家具之类的东西和山上的农户换些粮食，用来对付一时的饥荒，只是对吃食的要求，像是长在了骨子里，改不了，平常的食材，也是想着法子、变着花样地做出来。小时家里的荞面是不是这么来的，不记得了。倒是有一次，家里来了父亲的两个酒友，也没啥下酒菜，寻常的洋芋，切成厚薄均匀、大小一致的正方形，这还不算，又在四个角上各下两刀，切去四个小正方形，炒得脆，放点儿白糖，滴几滴醋。奶奶的这次厨艺，像是打开了我对食物认识的一道窗口，再贫瘠的生活，都有通向美好的途径。

山里的荞饼当地人用了一个摊字来形容整个制作过程。直到现在，去了乡下的亲戚家，主人还会说，别走了，留在这儿，我给你摊荞饼。可见荞饼在人们心目中的地位。九寨沟地处川甘交界，藏汉融合之地，饮食的做法也算丰富，所有小吃中，这荞饼当属头牌，怕是争议最小。唯一可以匹敌的，也只有洋芋糍粑。荞饼的摊法，极似北方的烙饼。把饼薄薄地一张张摊好，裹着单独炒好的菜，直接上手，拿着便吃。细细想来，这荞饼的吃法与来自京城的烤鸭颇有着相似之处。不同的地方在于，北京烤鸭讲究的是鸭子的烤，天下饼多得数不过来，而荞饼突出的则是荞。烤鸭的饼小，规整，一看就是讲究人家没事做时，一张张慢慢地或烙或蒸，图的是大小一致，齐齐地摞着，一层层地拈来包烤好的鸭子肉。荞面黏性不好，在普通的锅里要摊出薄且大和圆的饼，极考主妇的厨艺。这摊荞饼，倒像古时的过关斩将。搅面浆是第一关。在盆中舀些荞面，再配上些白面，比例是关键。混一些白面，可以增加黏性，一是饼好摊，二是裹菜时好裹，不易破。但白面多了，摊出来的饼软，感觉绵长，没了荞那种短促又强烈、一闻便知的特殊香味。盛好面的盆里加冷水，用一双筷子顺着一个方向不停地搅。在当地需要搅的饮食中，做法都强调要顺着一个方向，这一点很重要，说是容易搅匀，搅出面与水浑然一体的境界。顺着一个方向搅，用力大且持久时，手臂上的肌肉难免紧张和酸胀。我自小做搅团、拌面饭时，一个姿势累了，便会反方向换个姿势。为此，过去被老母亲说，现在，偶尔做时，又挨老婆的训，她们都会讲，让开，一点儿用都没有。这种搅法，我最喜欢的是打鸡蛋。鸡蛋小，用不了多大的力气，筷子越翻越快，几个鸡蛋，分开的蛋黄与蛋清迅速地混在一起，直到被搅出无数的细泡来，甚是好看。这种顺着一个方向搅的做法，会不会是对人与自己的内心、人与自然的一种相处方式的理解？这就无从考察，不得而知了。这做法不知从何时而起，也不知什么道理，反正山里人有着他们固执的理解与遵循，代代相传，也就至今了。这面浆要搅到筷子拿起来，浆汁流成一条线，就算是好了。第二关便是摊面饼。大锅，烧热后，从盆中舀一勺搅好的面浆，从自己这边开始，勺贴着锅，匀速地转一个圆圈回到起点，要求转完圈后勺里的面浆刚好倒完。倒出的面浆，也是刚好流到锅底。于是，这转出的面浆便成了一个整体，成为一张完美的饼。转得圆不圆，勺里的面浆是不是刚好倒完，很是考手艺。厨艺高的农妇，一勺下去，便是一张圆得完整且厚薄均匀的荞饼。这一关极难，但凡要补后手让饼成形的，厨艺还有待提升。一般人家，摊出来的荞饼直径是一尺多点儿，比北京烤鸭用的饼显得霸道，一看就是山野粗人吃的。过去也就这么径直裹些东西吃，现在的人食量小，这种吃法也就不多了，改成一摞荞饼从中间下刀，一分为二，正好。

早年裹的菜多是陈年腊肉炒洋芋丝，这是极好的。记得我们家每次都要炒些豆芽，裹好后，一口下去，荞饼和洋芋丝自然断了，那豆芽咬住一扯，手中的荞饼便空了半截，吃到最后，手里就剩下点儿饼，菜被提前吃完了，此时，最是无趣。荞饼本不是常吃的食物，吃荞饼算是一家人很正式的一件事。多数时候，腊肉是不多的，菜还会炒一两样，一般都是炒洋芋丝、炒豆芽。再后来，山里人也跟着书和电视里的北方人，吃葱，只是本地的葱，辣，和着平时的炒菜，放一两根细细的，算是变个口味。

旅游兴起后，开始卖给猎奇的游人吃。只是荞面里混的白面多，一是做起来方便，二是降低成本。炒的菜，也多了一些时令的野菜。早先也吃野菜，最好的当数木笼头，学名叫什么不知道，春天发的芽，从枝头掰下来，开水里汆一下，捏了水，和着腊肉炒，下荞饼极好。卖给游客的荞饼，自然做得精致，去头去尾，齐齐整整地裹好，摆在盘子里，直接用筷子拈来吃，少了用手拿着吃的大快朵颐。有几年，我在大酒店里搞接待，也安排大厨摊荞饼给客人。外地来的酒店厨师，一看就会，只是摊饼子的锅换作了平底，这就极大地降低了技术含量。加上饼摊好后，刀一切，整整齐齐，没一点儿多余。许是这切去的边边角角，才是农家的日常，才是我们现在想着的童年。卷得极规整，一寸多长，手指粗，用剖好的细葱丝从腰里捆着，中间裹几根洋芋丝和几颗腊肉丁，或是野菜，刀切得不能出头，一看就和会议室一样整齐。本是趁热吃的，这样一折腾，倒像是一道凉菜。好在客人不懂，认为山民自古以来就是这样，主人热情介绍时，跟着打哈哈，只能说好吃好吃，算是客套，应景。

那时，每家农户的灶房里都有一块特别的布，黑黑的，像用久的洗碗帕，或抹布。不大，极油，名叫油布子。我还记得这油布子时，家里已经用喝酒空下的玻璃瓶装油，这油布子正好卷起来当塞子。拿着油布子在锅里一抹，用来烙荞饼，又不粘锅，又省油。摊荞饼时，灶里烧的最好的柴是去做木活的地方捡来的刨花，手艺好的主妇，朝灶里丢一把刨花，刚好摊一张荞饼。

前些日子，家里买了个电饼铛，老婆说，这个摊荞饼最好。我瞧都没瞧，没劲。一日，老婆在狭窄的厨房摆开阵仗，摊起荞饼来。果然，这电饼铛是两面受热，老做法是在锅里摊，一面受热即可。老做法是面浆下去挨锅受热便凝，电饼铛要把面浆摊好后，再盖上发热，自然是不对劲。加之，用电烤这玩意儿，面浆不敢太稀，估摸着熟了，拿出来，像是烙的饼，太厚，裹着菜，既不好看，更不好吃。

我最爱吃的是剩下的荞饼。把剩下的荞饼切成丝，锅里放点儿菜籽油，炒得有些硬时，放些切好的葱花、盐进去，香味上来，起锅。荞饼不吸油，一点点就有油浸浸的感觉，这种感觉可以让人凭空产生一种富足的惬意。

因为做法的复杂，多年以来，荞饼都是我向外地朋友首推的家乡小吃。直到前些年的一次浙江行，台州的朋友把我领进当地一家不太起眼的饭店，坐下后，直接上了十几个炒好的菜，要命的是竟然有一摞类似荞饼的烙饼在那里很低调地躺着，当主人给我介绍和家乡的荞饼完全一样的吃法时，面对包括海鲜在内的五花八门的炒好的菜，我突然为自己贫瘠的童年感到莫名的自卑。唯一能让我感到可以挽回面子的便是，讲饼的摊法、讲荞、讲高原上依山势一面面铺开来粉红的荞麦花。讲归讲，回到住的酒店，第一件事便是电话告诉家人，开眼界了，同样的吃法，竟然可以包这么多好吃的东西在里面。说到这里，我真不知道家乡的荞饼会不会慢慢地改变一些里面裹的东西，就像人一样，走着走着，内心就变了。有时候，这真不能怪人，如同荞饼里面裹的东西真变了，我们不能怪荞饼一样。

核　桃　花

幼时脚小腿短，一步迈不了多远。去乡下走人户，大人们也不愿意带上，费时费事得很。一弯一弯的山沟里走着，见着核桃树了，也就快了。然后，一棵比一棵大，一个弯过去，大大地出一口气，寨子就在眼前了。大多的寨子，必是被核桃树们簇拥着。它们既是风景，也是经济。核桃这种植物，啥地方都能长。一不小心掉一个熟透的核桃在石缝中，来年就是拼命，也要给你挤一棵树苗出来。核桃树贱，唯独院子里不栽，说是不吉利。那时乌鸦多，我见过核桃树上栖满这不讨农村人喜欢的鸟。这不吉利说久了，用现在的话讲怕就产生了所谓的心理暗示。不管是哪儿的人，总有想不开的。山里人解决想不开的法子，过去最常见的不外乎跳河、上吊。在我知道的此类事情中，就有那么三两起，都与核桃树有关。在乡下，核桃树这锅是背定了的。

核桃树有集体的，像自留地一样，也有房前屋后、田间地头属于农民个人所有的。说是集体的树，也不朝上交任务。成熟后，统一安排人打下来，卖了，也算是公共积累。有时候，家家户户，按劳动力和人口也给大家分些。农户人家，打了核桃后，去皮晾干，不外乎一是去县城换点儿钱，买些日常生活的必需品，或是攒下来，交孩子的学费之类的，救个急；二是炕馍、蒸馍、烧馍时，用不同的方法加在白面、玉米面等各色面中，让原本平淡的饮食出现一点点的油气和香味；三是作为零食——这在当时绝对属于奢侈品，逢年过节孩子们来拜年的，或是有亲戚走人户时带着小孩的，抓一把给孩子，也就几颗，已是很有面子的事。

九寨沟人把核桃花读成核桃花儿，发音怪怪的，外地人乍一听，不知所云。

关于核桃的记忆，最深处有两个。一个是小时候为了尽快地吃到食物，学会了判断果实是否成熟。核桃长成形后叫作青核桃，还不能采来吃，要等到核桃的肉长饱满才行，至于饱满到什么程度，一要上油，二要麻窝窝儿。上油好懂，有油气了，吃起来自然香。麻窝窝儿是指核桃仁和外壳之间开始变色，变成麻布一样的颜色，包仁的那层皮已经长成了。另一个是干了的核桃大多是装在竹编的筐里，挂在屋梁上。这筐，多是圆形，把手也是竹编的，当地人叫笼笼子。小时候只以为大人挂得高高的，是为了防止我们偷吃，现在才知道，这样做还有一个很重要的作用，便是为了防鼠。那时的农村是没有幼儿园的，入小学的年龄是七岁。很多人家觉得孩子差不多年龄了，送到学校就算交了差，反正读得如何也不重要，能识字、会算简单的账就足够了。地方小，人少，记得读书去报名也不要什么证明，多大了、哪个队、啥名字、妈老汉儿是谁，说清楚就行。当然，还有一个最最重要的就是家庭成分，这个一点儿也马虎不得。年龄也是乱写。比如去年，上级到我们单位巡视，说是我的年龄有问题。真还吓我一跳，我是一路规规矩矩填写档案到现在的，从没虚报过呀。直到巡视组的同志找我谈话时告诉我，我最早的一份材料上写的年龄比身份证年龄大一个月，并且，这份材料是我十四岁时写的入团申请书。我恍然大悟，那是农村人从小用惯了的阴历，刚好比阳历早了一个月。因为年龄都是学生自己说，学校报名又不好核查，一般会出一些简单的日常生活问题来考一考。有一个小老表过这一关时就闹了笑话，直到我去年回家过年还和兄弟姊妹摆着笑了一通。问，核桃是哪里长的？我这农村的小老表，根本就没见过办公室、办公桌这些东西，还有戴眼镜的老师。他本来就胆小，马上神经短路，脸涨得绯红，脱口而出一句，核桃是从笼笼子里长出来的。可见这屋梁上笼笼子的威力，完全属于宝葫芦级别。物质的匮乏，就是这样影响着我们的生长，影响着我们对世界的认识。其实，这大笑一通的后面，正是我们这一代人除了贫穷之外无法言说的悲哀。这从小伴随我们长大的悲哀，比贫穷更让人心疼。

　　原本，核桃花儿这东西也是无人吃的。掉在身上，毛毛虫一样，不受待见。

　　开始吃核桃花儿，大概是20世纪80年代，人们不再为吃饭问题操心时，便多了一些野趣，吃野菜成了风气。说是核桃花儿，其实是核桃花的花茎，细小的花开在两三寸长的一根茎上。花期一过，掉得四处都是。捡起来，把花捋尽，茎晒干。临到吃时，再用开水泡软，把茎里的黑汁挤干净。核桃花儿新鲜时，极苦，没法入口。只有晾干后，再泡，这般处理，才有法吃。多是和白色的粉条、红色的胡萝卜丝一起凉拌，甚是好看。川菜味大，一压，也就吃不出核桃花儿的苦味来。后来，也有和肥肉、腊肉一起炒的。核桃花儿吃起来柴，口感差，前几年，突然冒出吃黑色食物可以抗癌保健的理论，于是核桃花儿又变得紧俏。我也给外地的朋友一顿瞎讲，反正无害。想一想，干核桃花儿用开水泡了，又洗又拧，即使原先有点儿药效，怕也早已淘洗尽了。关于吃核桃花儿，我倒是觉得用当地老年人的话来说，更准确些：都是吃胀着了，吃得不 yuan xian 了，找些事来做。

现在来九寨沟旅游的人多了起来，核桃花儿也算是一道特色，卖给外地来猎奇的人。九寨沟当地人家里拿来做菜的，不多。大小馆子都是有这个的。现在的人闲，核桃花儿零落的季节，散步到核桃树多的地方，顺便捡些回来，也是件好事。

但凡成为一种食材的，先需是含有大量的淀粉、蛋白质、脂肪之类，至于所谓的微量元素都是后话了。所以，我对核桃花儿这道菜从不认可，无营养，口感又差。当然，科学也许会说含有一些微量元素。既然是微量，劳神太多就不值了。

娘 子 尖

　　娘子尖是读音。小时候跟着大人们这么读，大了过后，更不敢读错，怕同学们说我没见识。装着什么都懂的样子，也就不问这几个字是如何写的，也就不管是戏里面扭扭捏捏的女"娘子"，还是大山上望见容易爬起难的山"梁子"。"尖"好懂，定是带着细细的茎，刚发出来的极嫩的叶子。反正，是我小时候最喜欢的干野菜。这似乎是离我最远的一种野菜，因为从未见过其鲜活的样子。都是住在山上或乡下的亲戚到县里来赶场时，用背网子——一种布做的背包——装着，走人户送的。

　　记得改革开放后，县里对当地不多的历史文化典籍作了抢救性整理，其中油印了一册《南坪乡土志》，是我母亲的爷爷那辈至亲中出的一位乡贤写的，算是县境本土最早的史志。关于娘子尖，我读过的乡土志中像是没有记载，那时的文人修志，多不写好吃懒做的这些。记得前言里有一句，说是封建糟粕的删了，想必这娘子尖不属于封建糟粕，不会删，那些做过贞洁烈女的娘子才是删的对象。每年回九寨沟县里过年，或多或少，要与一起长大的同学聚聚。很多已成爷爷辈，说是找个时间专门聚，多是锣齐鼓不齐，各忙各的，不容易。在一起时，聊小时候的故事和饮食是必然的。前年回去，几个初中同学聊来聊去，聊到娘子尖。其中一位，早前一直在县里的林业局工作，后来当过乡党委书记，还是我的长辈，从我奶奶这边算，属顶亲的亲戚。他说专门查过，是一个怪怪的名字：省沽油科，膀胱果。这个名字和现实的野菜完全无法让人联系到一起。如果改名叫膀胱果，山里人会不会害羞地不吃？也难说。山里人脸面薄，不似城里人。但凡野菜皆有药性，或多或少而已。如果现在叫作膀胱果，说是利尿、降三高，高价卖给城里人，可不可能？也没听说有人试过。晾干的娘子尖用水发开来，可以明显看出来自树梢，茎细，叶小，能看出从刚发芽的树尖采下的形状。百度一下，难怪，此野菜亦乔亦灌，生在海拔两千七百米以上，常人自然见不到它的鲜活模样。这海拔两千七百米以上，对城里人既是一个挑战，又是一个诱惑。这样一想，城里人也可怜。

九寨沟县县名是1998年改过来的，过去叫南坪县。说是历史上在安乐乡下安乐村曾建城，设水扶州，后城毁，另选城址于水扶州之南，故称南坪。改县名为九寨沟县之后，将县城所在地改为南坪镇，算是延续历史，极好。外地的游人都说九寨沟海拔高，这是实情，不过指的是景区。而县城，海拔只有一千四百米，算不得高。所以住在县城的人，一般不会专门到两千七百米以上的高海拔处去采娘子尖。即使非去不可，山高的，一天里也没法打来回。于是，这食材，多是高山上居住的农人，在春天里树枝发芽的时候，趁嫩，采摘下来，晾干，等到冬天才吃。那些年，一是不准买卖，二是这东西不值钱，于是农闲时收拾些，到山下走人户时送人，像是现在的伴手礼。也有偷偷卖的，换成钱，或救急，或买些家用的日常东西。娘子尖刮油，没陈年的肥的老腊肉相佐，一般人家是不会吃的。

记得这东西老鼠都不吃。干干的，抓一把在手中，一捏，簌簌地响。干透的茎，虽细，也扎得人生疼。平日里就随便放在楼上的木楼板上。小时候土木结构的房子，四周的土墙打到齐梁高，梁以下就是正经的住房。梁以上的人字架房顶，这个空间便是所谓的楼上。条件好的人家，楼板是请匠人整整齐齐地拼严实，榫卯到位，刨光，上面的灰掉不到屋里。条件差些的人家，找些规格不一的木板自己铺了，再从屋里朝顶上糊一层找来的废报纸。很长时间，我都是躺在床上，面对糊在楼板上的那些报纸，找自己认识的字。找着找着，便睡着了。那时书少，这也算一种阅读的练习，没少花掉我的时间。往往仰着头正识字时，会有一串声音由远及近，从头上掠过，有时还会在头顶来回不停，像兜风，非得找根棍子捅一下，才会散去，这便是老鼠。

老鼠不吃娘子尖，保不住要在上面撒个欢，加之外面被风刮进来的灰尘、房子里生火产生的烟尘，乱七八糟，裹来裹去，都弄到这娘子尖里去了，所以临吃时，总要用些水洗净。在盆里，先用清水把面上的尘埃洗几遍，最后那遍水清亮时，就那样泡着，直到叶子舒展，扎手的细茎嫩得比春天才摘下来时还嫩。双手将野菜拢在一起，用力捏，菜团子一样，就等着下锅。

过年的时间大把大把的，不像平日里，即使不忙，时间也被切得鸡零狗碎，与人摆个闲龙门阵都抽不出空来。吃了午饭，其他人该忙的忙，我和弟弟在自家楼顶边晒太阳边有一句没一句地说些小时候的事。他说，记得小时候，他和两个年龄相仿的老表争论这世上最好吃的是什么。一个说，有一种东西，在别人家吃过，是一圈一圈的，像肉一样香，但又不是肉，好吃得很。当时，他和另一位小老表穷尽脑壳中的所有关于食物的记忆，也没能找出这一圈一圈形状的是什么。后来才知说的是豆筋。直到现在，想是全县也没有一个会做豆筋的人。那时的豆筋虽在供销社、百货公司有卖，但一般人家绝没闲钱去买，买来也不会做。另一个小老表则讲，最好吃的就是娘子尖和着豆豉一起蒸腊肉，菜吃完后的油水用来泡干饭也是天底下最好吃的。干饭是九寨沟当地人对大米蒸饭的称呼，现在当地农村的老人们还这么讲，年轻人怎么讲，我倒是没有注意。从这个故事可以知晓，山里对美食的判定不外乎两种。一类是突破自己认知界限的，没吃过的，全新地刺激味蕾甚至视觉与想象的，比如豆筋；一类就是油多味重，把日常的生活朝人们对美好的理解的极限延伸的。

娘子尖的吃法一般也就两种。一种是和羊蕨一样，伙着腊肉骨头一起煮。成都人活得精致，只是将猪的排骨做腊肉。山里人则将杀年猪当时没吃了的骨头,全部腌了,一杆子挂在灶头。头年底做的腊肉骨头,熏至春来,娘子尖发芽,山民摘下来,晾干后再从海拔两千七百米以上的地方背到城里,再生些若干故事出来。待到吃时,已是下半年,人自然馋得很了。腊肉骨头煮熟得差不多时,锅里的汤沸着,面上一层黄中带黑的油。油下的汤白白的,洗净的娘子尖放进这汤中,不多时,便好。嫩,细,腊肉浓烈的烟熏味和陈年的肉香,终是遮掩不了这极高极寒处来的清纯,中国人讲究相生相克,此处即是绝配。煮时,顶多抓一把自家房前屋后花椒树上摘下的花椒,或是添一点儿盐。剁过的骨头,大小适中,和着娘子尖,直接一人一碗。这种吃法在县城不曾有过,县城的人家,或一大碗,或一小盆,放到桌子中间,一家人围着,各自端一碗饭埋着头吃自己的就是。县城的人貌似斯文,却少了大快朵颐的粗放,殊不知,再怎么装秀气,也脱不了山里人的壳。娘子尖的另一种吃法是用来蒸烧白。烧白一词属于典型的四川话,在九寨沟的老饮食中直接用四川话来命名的,不多。干的娘子尖,不煮,只是用水洗净,温水发好便是。半肥瘦的腊肉煮熟,一片片切好,整齐地铺在蒸碗里,装上挤干了水分的娘子尖,加些自己做的豆豉,然后,交给大火便是。如果是酒席,这道菜必是居于饭桌中心位置。在家里便自然多了,肉和菜用不着多表,单就碗底里剩下的油水,拌上些饭,和匀了,就这般吃下,唯一配得上来形容的词便是:荡气回肠。旧的和新的,生活困难时期对油荤渴求的紧迫与山野之间鲜活灵动俯视万物的自然，构成了生命的美妙、生活的美好。

直到现在，娘子尖蒸的腊肉烧白，依旧是老饮食中最让人馋的。从煮腊肉开始，到完成整个烹饪过程。中间有一个几乎不能少的环节，就是切煮好的腊肉时，总会先吃一两片肥瘦相间、口感最佳的腊肉。从小时候记事起，先是奶奶切给我吃，后来，母亲也切给我和弟弟。现在，家里偶尔也蒸，妻子切腊肉时，总会在厨房里朝我大喊大叫，快来尝一片。有时，我会说，不尝了。她便说，尝尝咸不咸，我好加作料。说到作料，现在加得多了，生抽、老抽、鸡精、味精、蚝油。不过，这个菜的霸道之处在于任你怎么加，腊肉中浸出的油腻和娘子尖的清香始终把持着这道菜的品质。

不同的是，这些年早已不吃碗底留下的油了。不仅是我，很多的人都不吃，减肥已是多数人对自己的要求。一个人一旦开始减肥，美食对他也就没多大意思了。芸芸众生，饮食男女，这样的词都配不上，也是问题。

那时，遇着红白喜事都是在自己家里烧菜做饭。东家会让饭房的执事根据来客的人数，稍稍多备点儿饭菜，怕万一不够时，让亲友谈闲。看似小事，却小觑不得，若干年后，说不定就会在同样的场合上流传，说是那谁家吝啬得很，东家是丢不起这个脸面的。这安排自然少不了酒桌上的硬菜——烧白。有了硬菜，其他缺了也不怕，随便一凑，就是一桌，待得客。年景好时，往往会多出几碗烧白。这多出的，东家舍不得自家享用。过个事，前后得有几天，菜放不了那么久，与肉相比，烧白中的蒸熟的娘子尖更是隔不了夜。把娘子尖之类的菜自家人拣出吃了，码放齐整的腊肉，一片片原封不动，叫作碗面子。若是冬天，这碗面子冻成一坨坨的，碗都不用，便可拿来送人。碗面子，便送顶好的亲友和帮了大忙的村人，大小是个情。

杂面颗颗儿

杂面，此时念作 cha 面。九寨沟自古以来就是秦蜀交界，藏汉融汇。解放后，因茂密的森林资源，国家从较早解放的东北林区等地抽派大量人员，兴办森林工业。森工企业的人，虽然生活在他们相对闭合的圈子里，自给自足，与当地人交往不多，但在特定的时期，也算是九寨沟最富足的人群。解放初期，一个人口不过三两万的地方，习俗之杂，口音之乱，可想而知。倒是应了这个杂字。

黄豆即大豆。当地一般不成片地种。我记得，生产队上好的水地，种玉米时便套种黄豆。一行高高的玉米，一行低矮的黄豆，看着好看有起伏。老师在小学教室里正经地讲过农业的八字方针，现在还记得：土、肥、水、种、密、保、管、工。我一直认为这种种法是按照其中的密字来进行的。我渐渐长大的那个生活圈子，没有人将黄豆叫作大豆。就是能听懂《在松花江上》那首歌了，也不知道东北的大豆便是九寨沟的黄豆。直到今天，我还在怀疑，黄豆里能榨出油来？所以一直不喜欢大豆色拉油,总觉得没有从小吃到大的菜籽油香。前几天,杂志社一同事说他老家种了两亩地的油菜,周末要回去收割。我说,两亩地的菜籽榨成油,你家也吃不完,干脆我们杂志社的人团购。这些年来,人们对市场上购买的东西,严重缺乏信心,有些城里人在乡下认购纯粮食喂养的猪,即出于这个原因。

黄豆拿在手里,亮晶晶的。之所以亮,是因为壳坚硬得很。先要将黄豆脱皮,才适合磨成粉。黄豆面绝对是高营养,只是这黄豆必须与其他粮食混在一起磨成面,才能煮出既有营养又好吃的饭食来。单纯的黄豆面,我没吃过,也没听说过怎么吃,想必营养太高,人体不易吸收,便没了如何吃的做法。说是营养高,可怜的却是,需和其他粮食一同磨才好。与小麦混在一起磨,名字叫作麦杂面;与荞混在一起磨,名字叫作荞杂面。这一混,混得连名号都没了,唯有默默地用谁也掩盖不了的豆腥味,彰显自己的存在,撑起一餐饭,和关于黄豆的传说。不过,讲得再热闹,杂面毕竟是杂粮,当不了主食。比如杂面颗颗儿,现在多是在本地人开的火锅店里,以小吃的身份,给大鱼大肉后的食客解油腻,倒像是报纸副刊上的诗歌,补个白而已。偶尔,遇着喜欢瞅几行诗的读者,便夸报纸办得好、有口味,与我在家乡的火锅店烫了又辣又麻又油的毛肚,有时再加点儿烈酒,弄得肚子里毛焦火辣,彼时喝一碗凉冷的杂面颗颗儿,便说舒服一样。

杂面对九寨沟汉区的人而言,其重要性真还不好找替代之物。

　　此处专说杂面颗颗儿。三伏天，天色暗得很晚，煮饭、吃饭的时间可以长些。稀稀的杂面颗颗儿，凉温，大口喝。筷子倒像勤勤恳恳的志愿者，遇到问题时才用。有成块状的，不方便直接喝，用它刨一下，送进口里，再拈点儿小菜，真就没说的。居在下坝里的川里人，消夏的绝佳食物当属绿豆稀饭，是用绿豆和大米一起熬出来的粥。九寨沟不产绿豆，当地人解暑自然不用它。我对这两种吃食作过判断，得出的结论是绿豆稀饭无论从哪个方面讲都无法和杂面颗颗儿媲美。这结论也违心，其实在小时候，对绿豆稀饭的稀罕，已经上升到在能吃绿豆稀饭的人面前的一种自卑。这自卑，除了饮食这一方面的因素，更多的与吃绿豆稀饭的人家与大山的外面有着千丝万缕的联系这一因素有关。山外面太神奇，神奇到无法想象。

　　大米煮至七分熟，当然，乡下多数时候用的是小米，在筲箕里把水滤干，趁米粒们还在冒热气，倒入麦杂面或是荞杂面，用筷子拌，让每一粒米匀匀地沾上面粉。滤出来的水，可不敢浪费，倒进锅里，加入事先切好的洋芋块，煮过心。拌好的杂面颗颗儿边朝锅里边倒、边搅，轻且慢，不可粘在一起。煮熟后还是一颗颗的，才是技术，也是这饭名称的由来。黄豆面禁煮，时间长才能熟透，时间久才没豆腥味。时间不够，吃得跑肚子是常事。九寨沟人把拉肚子，不叫拉肚子，叫跑肚子。这个跑字用得形象、生动，一想那样子，便会笑。最后一道工序，是当地人离不了的酸菜，连汤带水从缸里舀一碗出来，倒进煮沸的锅里，再煮一会儿，这才算完。家景好的，才用大米、小米来做杂面颗颗儿。普通人家，直接用水和着干面拌，叫作水颗颗儿，这名字好，水做的颗颗儿。哪家的女人，水颗颗儿能拌成均匀的一粒粒的，做饭的手艺必是让左右邻居跷大拇指，还会说，这家的女人会过日子。

伏天，一碗凉温的、稀稀的杂面颗颗儿，蛋白质、淀粉等营养价值够，外带酸菜特有的酸，不仅开胃、充饥，更是农家消夏的绝佳饮品。遇着抢时间干农活儿的那几天，给强壮的劳动力蒸些馍，干稀搭配，也是极好的。

这杂面颗颗儿本是山里人的粗陋之食，后来，因为九寨沟旅游业的兴起，也登上了大雅之堂。与当年的伐木一样，九寨沟的旅游业正在促使九寨沟人的观念发生深刻变化。世界潮流浩浩荡荡，必将把这艘叫作九寨沟的小船推到更远的地方。旅游业兴起的早期，对餐饮业的要求也是极低的，一般的游人吃饱、吃卫生就行。要求高的是接待。几乎所有有点儿档次的酒店，都会专门有厨师做接待餐，用来招待北京、成都等地来的尊贵的客人。这些酒店，要么老总是九寨沟本地人，要么专门聘请一位做本地饭的厨师，在餐饮上加入本地特色，以满足尊贵客人对当地特色饮食的好奇心。搞接待少不了喝酒，酒喝得越高，接待得越好，本是国人的待客之道。当年，我做接待办主任时，也没少劝客人喝酒。把杂面颗颗儿做得精细，且用小碗盛，稀乎、淡淡的酸意……成了解酒的好饮食。做工上讲究了许多，加一些白面进去，把用筷子搅和改成在案板上用手轻轻地揉成圆润的一粒粒，白面的黏性强，煮出来后像是一碗珍珠，于是改了个洋气的名字，珍珠什么的，离开九寨沟多年，我已记不起确切的称呼。吃食和我们每个人一样，都要顺应时代，这便是个例证。

天南地北的人都到九寨沟，九寨沟的饮食自然也就天南地北了。现在很多人都喜欢吃的朝鲜人美食泡菜，其实在很早之前我读小学时就吃过了。那是当年从东北过来的森工企业工作人员，把家乡的手艺带到了做梦都想不到这种吃食的高原。那时孩子们的零食，基本以偷为主。家里所有的吃食都是孩子们上学时会偷偷带到学校作为零食享用的，没有例外。一位家住在森工水运处的同学偷出来的红红的、糊满辣子面的大白菜，一出现就吸引了所有同学的目光。白菜怎么会这么做？怎么会做得这么香？已经超越全班同学幼小心灵所能达到的认知。水运处是负责将伐倒的木材走水路运走的企业，直接归北京管。这一点，足够本地人尊敬和高看一眼了。让我们最服气的是但凡有新电影，同样一部，县境内必是水运处这样的单位片子先到，然后，是省属的南坪林业局，最后才是县里的电影院。水运处职工少，没有礼堂，来了新的电影，便直接在老中学对着的一个大坝子里公演。南坪林业局有礼堂，和县电影院一样要卖票。年龄小，也不知他们几家为此有没有矛盾。

现在，吃杂面颗颗儿的小菜也讲究起来了。但凡美食，不管贵贱，必有绝配。鹿耳韭作为下饭菜，与杂面颗颗儿便是绝配，这一点儿都不夸张。现在提到九寨沟，都讲是国际旅游目的地，如何如何。其实，九寨沟人土，有时土得掉渣。当然，这土本是一种淳朴，但愿不会因旅游业的发展，而给丢掉了。如这杂面的杂字，用上海话来说就是拎勿清。可九寨沟也有厉害得让人瞠目结舌的物产，比如这鹿耳韭，名称是堂堂正正入书的学名，属百合科，全草入药，主治跌打损伤、瘀血肿痛。还有就是山里漆树多，上山的人一不小心便遇上，容易中毒、过敏，这鹿耳韭竟能治漆疮。当地人从没把它当作药，大材小用作了吃食。那股特殊的韭菜香，使它成为一年四季大家都在食用的佳肴。新鲜的拿来炒，切几片腊肉，炼出油来，菜倒进锅里，放些盐，几锅铲便好。香法与其他菜蔬完全不一样，这样做出来的菜，应当用来下米饭、操操饭之类的干饭，才是佳配。过去吃饭是没有汤的，吃渴了，用一句老话：大河又没囚盖盖。言下之意便是，大河里的凉水随便喝。生活慢慢好起来后，人们吃饭时开始讲究，做汤了。用鹿耳韭煮个汤，香得别具一格的清爽。更多见的加工方法是洗净、切碎，加盐后装进坛子腌制。多使些盐，这样保存得更长久，一年四季都能吃到。早先，就这腌制的下杂面颗颗儿，用四川话讲已是舒服得不摆了。其他菜搁在一块儿，没人掂。现在家里也常有腌制的鹿耳韭，只是吃时，会加些香油、味精之类的。妻子也就骂我，清清爽爽一个好吃食，被我作践得不像样。细细想想，不是我作践鹿耳韭，是生活一直在作践我的味觉，同时，也在作践我这个人。

油　咕　嘟

　　油咕嘟首先是一个怪怪的词。说实话，在考虑写这种吃食时，包括现在，我还不知道它书面的名字是什么。油咕嘟，九寨沟县当地汉人的口头语，至于书面怎么写，我过年回家专门问了包括母亲在内的很多人，都说是上边一辈辈传下来的，只是知道就这么读，如何写则说不清。大家研究了半天，答案五花八门。既然如此，不妨用发音最近的咕嘟来称呼。在当地的各种饮食中，我估计，最早把自己的称谓弄丢的，应该是这油咕嘟。人类生生不息，毫无疑问，很多的食物将一直伴随着人类走下去。但是，有些饮食的名称在时光的颠簸中，会变，甚至会被人类遗忘；有些，会把精髓融入其他做法，成就新的食品，创造新的观感与味觉的世界。我喜欢"油咕嘟"这个词。因为大多的食物命名都是从食材入手，加上烹饪方法，比如炒肉片、烧肥肠，这是中国绝大多数家庭餐桌上的菜的名字，平平淡淡过日子一样，倒是这油咕嘟的咕嘟二字，有趣。咕嘟用在食物上的，像是北方有一处，叫咕嘟豆腐，此咕嘟义为长时间煮。而油咕嘟，不能取此义，能禁得住油中长时间煎的，除非是七十二变的孙猴子。其义是取食物进入烧好的油发出的声音。这声音，还伴着动感，像是一种欢喜，好听。声音进入菜名，也是难得，凭这，就可以给浩瀚的中国吃食出彩。油咕嘟，用现在的话可以讲作是非物质文化遗产，要保护的。

人民公社时代，地里收什么庄稼，就给农民分配什么。自家地里不产的、生产队和自家不养的，老实人家是绝对吃不到的。现在种油菜的，感觉与油没几毛钱的关系，图的旅游。大片大片地种，谁的视觉冲击力强，谁的旅游收入就高，油倒不值钱了。那时的油菜种得少，夹在玉米、小麦和洋芋地之间，就是个点缀，油再多也不当饭吃。合作社的油菜还没开花的时候，放学后扯猪草的我，偶尔也会把长在地边的油菜悄悄地扯一两棵，边扯边在心里说，野生的，野生的，不怪我。这么做不是为扯猪草，而是为了顺着油菜的茎把皮撕掉，吃着清香清香。小时候，感觉什么东西都可以生吃一样，还是饿惹的祸。等到开花，已长得太老，扯猪草都不要它了。分油的消息，一般提前几天就由干部放风出来。孩子们是不准去分油的保管室的，如果把油打倒，那可不得了，整整一年，一家人就只有望起了。这还是打倒自己家的，若是打倒别人家的或生产队的，便是闯了天大的祸，后果无法想象。家家户户都是拿着灶房里用的面盆去生产队保管室排队分油的，至于分多少，一要看年景，二要看家里的人口和劳动力。我们家劳动力弱，每次分油都不多，三两斤的时候居多吧。

油分得再少，奶奶也是要给一家人炸一顿油咕嘟的。

用一个大盆子，撮些白面在盆里，倒水，慢慢搅。洋芋要削皮，切成片。南瓜也要削皮，先切成月牙样一瓣瓣的，再补刀，切与洋芋一样大小、厚薄均匀的片。切片的厚薄要一致，关系到在油锅中炸的时间把握。一样厚薄的，一起起锅。把洋芋片、南瓜片，倒进面盆，没在面浆里，用筷子搅，让每一片蔬菜片都裹上面浆。好奇心让孩子们围着灶台，大人骂都骂不走。我小时候一般参与的是这项危险系数最低的工作。再说油，这是我见过的最奢侈的用油，一次倒一两斤清油进锅里。中火，火太大，油温太高，容易把东西炸焦，加之油烟挥发得多，也危险。锅里的油烧好了，用筷子一片片地把裹着面浆的洋芋片、南瓜片等乱七八糟的蔬菜片，放进油锅。裹了面浆的洋芋、南瓜，瞬间便在油中改变了自己的身份，用麻雀变凤凰来形容和比喻，一点儿都不夸张。白面绵软的麦香足以让粗糙到极点的生活充满麦地一样宽广的希望，如果再加上油，整个肠胃，甚至浑身上下的每一个毛孔，唯有幸福得一塌糊涂。因为，没有任何的词可以用来比喻裹着蔬菜清香的面团在油锅中的咕嘟声。浸在油中，面和油都在拼命般地彰显自己最美好的所有长处，像是走失多年的兄弟相逢在了一起，紧紧地搂着，不停地倾诉着对对方的思念之情。被面裹着的洋芋、南瓜就在这种热情中感动起来，直到把自己的芳香交给面，交给油，交给早已馋得流口水的我们。炸好的油咕嘟捞在竹编的笤箕里凉着，笤箕下面盛一个盆，浸出来的油，可不敢浪费了。

正宗的油咕嘟是在搅面时放些盐,加点儿花椒粉,炸出来后,如同现在的椒盐味。不过有一点很重要,必须打鸡蛋进去,一起搅匀。有了鸡蛋,这一盆面的含义便截然不同,明显上一个档次。因为鸡蛋,整个油咕嘟炸出来才松软,而不是一坨好似没有灵魂的死面。还有一种吃法,在当时要算奢侈品。白面只加水搅,不放盐和花椒,白味,裹着洋芋片和南瓜片就炸,只是炸好后,再撒上些白糖。油咕嘟就是一年分油时炸一次,白糖又稀罕,这强强结合出的油咕嘟,绝对是封杀想象力的极品。再后来,茄子、四季豆也被裹着油炸。现在,有些花也是如此炮制,但凡能吃的,都可油炸,只不过医生出来说话,说是油炸食品不利健康。

一般人家炸油咕嘟,都是用面裹些瓜瓜菜菜,好处是一则用瓜菜替了部分金贵的白面,二则瓜菜的清爽可以化解油腻。若是把面搅得干些,不混瓜菜,就是纯面一坨坨地炸,则虽没了瓜菜的清香,可油香味更足,吃着更过瘾,更有嚼劲,自然更耐得住饥饿。这才是当地人心目中真正的油咕嘟。如果编饮食辞典,这是基本释义,其他属引申之类。

炸完油咕嘟,处理余在锅里的油也有讲究。等油在锅里慢慢地澄清,用勺在面上轻轻地舀。此时,炸油咕嘟之前的一小盆(油),折了不少,变成用钵来盛。上面清亮的油舀在事先准备好的钵里,留着今后再用,待遇和未炸过油咕嘟的一样。把灶膛里已经熄灭的火,再点燃一下,靠近锅底的、混有被油炸过的白面残渣的浑浊的油再升下温,用来做一日三餐都离不了的红油辣子。

如果腊月间杀年猪是大快朵颐的一场荤腥盛宴的话,那么炸油咕嘟则是给秋天里的农民的一个小牙祭。一块油炸的面疙瘩,一个连书面怎么写都不能确定的吃食,就成了为果腹而不停刨地的农人的满足。如果生产队分油的那天,有哪家没炸油咕嘟,无疑是生活极困难的人家。

吃下最后一块油咕嘟,吃炸油咕嘟剩下的油做的红油辣子,算不得这首给生活带来欢喜的歌曲的尾声,还有余味的是这口炸过油咕嘟的锅。油舀完了,锅是不会洗的,留着下顿直接煮饭。如果是煮拌面饭,或是搅团,那就极好。几乎所有的粮食,通过烤或者烘焙,都会发出完全不同于水煮的特别的香味,并且,口感也会发生质的变化。拌面饭与搅团虽是粗食,可每家每户在饭舀完后,用铁铲在铁锅里铲锅巴时发出的响响的声音,总是伴随着孩子们的欢笑声。这欢笑不仅因为锅巴的好吃,而且因为可以有东西放进口袋,当作零食,在小朋友面前显摆一番,提下劲。烘锅巴时用火钳把两侧的灰撮到中间,盖住灶膛中间的火,让温度降下来,慢慢地烘。整口锅由于在炸油咕嘟时被油美美浸透的缘故,自然而然地在其表面与玉米面的流食之间形成了很好的一层我们无法看见又确实存在的膜一样的东西。这层东西,最终会成就一餐完美的锅巴。等到把锅体表面残留的湿润的拌面饭全部烘干,黄黄的锅巴便成了。铁铲一下去,锅巴与锅很容易就分离了。这锅巴的黄自然超越了玉米面本身的黄,不仅带有菜籽油的金黄色泽,还散发着与往日不同的香气,一种独特的、混合着面香和油香的香气。

炸油咕嘟剩下的油凉冷后,要倒进油瓶。油瓶、醋瓶多是用喝完了酒的酒瓶来充当。如何区分酒,我最早的经验就是散酒与瓶子酒的不同。那时,常听到满面通红的喝酒的人掩饰不住内心的喜悦说,今天欢哟,在某某家,和某某人喝的是瓶子酒。瓶子装的酒与供销社大酒缸里用提子一提提卖的散酒相比,必是好酒。刚开始那会儿,山里人只认是否瓶子装的,慢慢才知道瓶子酒也有贵贱。父亲好酒,家里不缺空酒瓶。记得那个时候,乡下的亲戚、熟人来县城赶场,给人家一个空酒瓶,也算是个人情。也有专门来家里要空酒瓶的乡里人,说是要买些醋,或煤油,需要拿它来装。临走时,还要千恩万谢。空酒瓶用来装油,最好的塞子,是一块干净的布,裹成拇指般粗细,一塞便严实了。这块布可就不简单了,像是偷听如来讲经的老鼠,时间久了,也会成精。这布被油浸透了,遇到炒菜实在没油时,把它打开,朝锅里一抹,同样可产生与放了油一样的奇效。那时酒瓶原装的盖子多是一次性的铁盖或软木塞,到二次使用时,盖子便因地制宜五花八门了。当然,以干净的布头居多,有时也用纸圈起来做塞子的。如此做有几个好处:一是瓶子打烂了,这塞子可以继续用;二是布头做的塞子密封性在当时的条件下是极好的,对于容易挥发的煤油和散酒是再合适不过了。

现在在外面吃饭，偶尔也遇见用面裹着炸的食物。不过，面已经退后成配角，主角则是那被裹着的形形色色的内容。这一变，像是我的生活，忙忙碌碌，原初的追求是什么都已忘记，有时也会记起，只是不敢想了。

火　烧　馍

粮食的香味是用火烧出来的。

伴随人类一百多万年的火，是人类文明的一个重要标志。几乎所有的民族都在他们的传说中，表达着对火的崇拜和感激。火的来源大多与植物乃至泥炭、动物粪便有关。火一直神秘地寄居在它们中间，与人类不离不弃。20世纪末开始，九寨沟为了保护森林资源，开始倡导以电代柴。最先看到商机的本地人，是一位叫米五斤的老乡，他所在的白河乡太平沟以川金丝猴闻名于世。这位老乡从内地拉些气罐，在县城的老商业局租了场地，开起了九寨沟第一家燃气公司。由此，九寨沟进入了燃气时代。历史往往就是这样，一溯源，一些看似不起眼的地方、不起眼的人物，恰恰正是节点，会让人记下来。有时候，发生在一个小地方的包括生活方式在内的某些变化，就是在不经意间完成的，而其意义却比当事人想到的还深远。比如用火方式改烧燃气后，渐渐地，各个单位住宿楼过道上劈好的柴火码得越来越少。过去都是一拖拉机一拖拉机地把木材买来，请些人手，在单位的空地上用油锯锯短，再劈成一根根柴火，码在自家附近。整个单位，那时候凡是雨淋不到的地方都在码柴。常有外地来的人，看到上好的木材被劈成柴火，不禁发出类似于看到暴殄天物现象的感叹。只是，那时国家的木材运输政策卡得紧，人们是没法私自运到外地去赚钱的。总之，说到这一生活方式的变化，这位精明的本地老板和他经营的卖气罐的燃气公司，是应该载入九寨沟史册的。再后来，县城上边不远的地方和九寨沟口附近各修了个储气站，从内地拉液化气来，再用管道输送到各家各户，算是升级版。早先，县里只有独自运营的小水电，普通人家也就仅仅解决照明问题。要想用电炉，一是没钱，烧不起；二是没人事关系，搞不到指标。后来，全县开始并入大的电网，再也不三天两头地停电了，于是做饭、加热、取暖除了依靠燃气，又多了一个电力的选项。就这样，一边是人们的生活一天天地好起来，一边是人们的生活离树木越来越远。有些过去的生活方式已经成为乡愁的一部分，让人无法忘怀。

地里的麦子要熟未熟时，只要饱了浆，摘几穗在火上烧，麦芒和外壳都烧焦，放在撮勺里，用手不停地撮，直到烧焦的壳与麦粒完全分开来。憋着气，把嘴对着撮勺的底部，顺着撮勺，朝出口外吹。麦粒们像淘出的沙金，黄黄的，亮亮的，发出任何做法都不可能做出的清香。玉米是粗粮，但凡家境好一点点，人们都会想着吃点儿别的。唯有合作社收玉米时，出工回来的大人，看似背着空背篼，可总会变戏法一样，不知从什么地方拿出两包青玉米来。青玉米撕去还绿着的外壳，在灶火里烤熟，散发出的香与其他的香就不可同日而语了。还有我们国家才列为主食不久的洋芋，自然也是火烧的极好吃。只是麦和玉米要尚未熟透的，烧起才香，洋芋则不然，刚从地里挖出来的新鲜的洋芋，水分太多，即使火烧，也是水渣渣的，不好吃。放上一段时间，口感便不同了，淀粉被烧出来的气味是其他烹制方法所难以产生的。可惜，现在的城里人没有火烧的条件，也就没有了这种口福。灶火里的洋芋看似烧焦了，顺手拿一把小刀，或是在柴火上随手掰一块小木片，一刮，橙黄橙黄的，掰开，冒着热气的洋芋已是翻沙样地熟透，用一个字形容这口感——面。这种面的感觉，是洋芋的境界。现在的人，尤其是年轻人，反倒被外国人引着，用油炸，用很重的调料调味，这一炸，洋芋便离自己的本味越来越远，少了自然，少了那个火烧出来的面，失了本真。

合作社时代，吃了晚饭，说是要烧馍，多半是因为母亲第二天要去远处出工，做中午的干粮。在没有电视的时代，收电费是按一个家庭使用灯的盏数和灯泡的瓦数来计算的，大多的农村家庭都只点一盏耗电量最小的十五瓦的白炽灯。挂灯的位置讲究，这一盏灯的光需照到厅房、灶房和睡房。凡是做与吃有关的事，自然是最好的。晚上烧好馍后，多多少少要给全家人分一点儿，那一点儿就是最高级的夜宵。冬天烧馍时，一家人围着火塘像是在烤火，其实是参与了整个制作过程，每个人对每道程序都表达着自己的经验。夏天便是在刚煮完饭的灶火里，只能由母亲或者奶奶一个人说了算，只是烧好后，用火钳连火灰一起夹出灶口，朝地上一扔，嘭的一声，烧硬的面壳包着里面熟透的白面，像是一个小音响发出的声音，这声音会让其他房间里的人都情不自禁地望向灶房。等馍凉点儿了，从地上捡起来，使劲拍几下，再吹几下上面残留的柴灰，就算做好了。白面是细粮，白面馍在我年少的那个时候，也算是奢侈品了。

白面馍要好烧些，玉米馍不好烧。玉米的黏性不如白面，松散，如果烧不好，就不是一个完整的馍了，而是几坨沾满了柴灰的面疙瘩。就是烧好了，从火灰中夹出来，也不敢像白面馍那样朝地下一扔，只是使劲吹，边吹边用手抹。裂开的缝隙处的灰是没法弄干净的，好在大家都说"不干不净，吃了没病"。

造化不可思议，即使有弊端的事物，也会在人世间找到适合自己存在的位置。并且，往往这种存在的奇妙，会让我们叹为观止。比如大油重味的川菜，在今天讲已是极不符合健康科学，却红遍了大江南北，甚至远渡重洋到了海外。20 世纪80 年代，有次到广东，朋友知四川人嗜辣，便找了一家不错的湘菜馆请吃饭，席间讲到了川菜已是打遍天下无敌手。回来后，为这件事我琢磨了许久。川菜打遍天下是实，这一点要归功于辣椒。人类的贪婪在如今是没有什么可以阻挡了。寻找刺激，包括味觉上的刺激，自然成了一种风尚。川菜的味重，很是适合这种需求。父亲与我一样，也算是个好吃的人。很小时就记得他讲的一句关于炒菜的口诀——"火大油多,再撒都有几成"。这口诀,我现在都还在用于实战。之所以要火大油多,着实是因为川菜的食材都是最普通与常见的,猪、牛、羊、鲤鱼、草鱼、鲇鱼这般等等,远不如那江浙,更比不了海边的广东。由于食材普通,好吃的四川人自然就要在加工上做文章了。包括辣椒、花椒在内的作料的大量使用,还有大油,便成了川菜的法宝。多年前的广东,川菜馆确实多,尤其是在城乡接合部、大工地、大厂房旁边,大多是最简陋的门面,在破损的纸板上歪歪斜斜地写上川菜两个字,里面也就两张小桌而已。如此这般,就成了我多年以来一直讲的关于川菜的命运。其实,一个菜系的命运,就是一方人的命运,四川人不要不服气。在沿海改革开放早的地方,街边的小川菜馆多,那是因为四川的农民工多,卖气力的人多,打工的人多。同样好辣,沿海城市的湘菜馆则大得多,高档得多,是因为湖南人不仅下海的多,而且白领多,高薪的多。

扯远了。玉米面不好吃,尤其是用水少做出来比较干的做法。入口后,玉米面便四处乱窜,要舌头总动员很久,再加上腮帮的助攻,才会和着唾液,被使劲地咽下去。于是,在烧玉米馍时,人们就开始琢磨了,把塄坎地边上随手撒的闲庄稼,像芝麻,或是挂在房梁上的笼子里的几个核桃,这些油性重的东西,和在玉米面里,一起烧,创造出一种特殊的香味。刚烧好时,一掰开,那香气,除了会冒上有着无数缝隙的屋顶,还会冒进脑门顶。这就是所谓的粗粮细做。粗粮在包容性方面展示了它的胸怀,也引入其他精细的食材不具备的宽广。和玉米面的水要少,面要揉硬,要硬到揉好的面捏成的馍的形状像一个圆盘,可以立起来,且不变形。这很重要,烧玉米面馍的第一道工序是把馍立在火塘边,让火慢慢地烤,直到把整个馍两面的外表都烤成硬壳。这层壳一是给整个松散的玉米馍定形,二是让灰再也进不到馍里面。然后,把早已烧好的火灰扒开,馍放进去,整个馍都被烫烫的火灰盖住。馍的上下,火灰的温度是不一样的,烧一会儿后便要翻过来,让两面一样地受热,几翻之后,馍就烧好了。然后轻轻地用手拍一拍,用嘴使劲地吹一吹,就行了。

一般人家,不会没事了便烧馍当顿吃的。平常吃饭多是饼子。饼子和火烧馍的最大的区别在于,火烧馍在火灰中烧就的那层厚厚的锅巴,像是乡下老实巴交的农民,不管放在哪里,都不会沾染外界的习气,始终与别人保持着一定的距离,姿态近乎卑微。那层锅巴,就是中国农民几千年来保护自己、进而封闭自己的一种修行。而饼子在这方面就不行了,没有火烧馍硬,像是没有骨气,随曲就弯,被人在手上不停地折腾。大多的饼子,多少有点儿油荤,不像火烧馍,装进口袋就走。装饼子就讲究了,费事,弄不好就污了口袋,如有些人,沾他不得。

母亲和奶奶在家里为正经事烧馍时,总会多抓一把面。这一把面,就是我们再晚也要等着的盼头。一个字,就是穷。

生活困难时,人们最大的希望就是活下来。关于火烧馍最惨的故事是奶奶小时候讲给我的。三年困难时期，有一个乡下人来县城，回去时背了一个背网子，所谓背网子就是八九十年代流行过的桶包，不过这背网子是自家用粗布粗线缝出来的。背在背上，把两只手空出来，拿个东西，或者顺便在路边给猪扯一把草带回家，方便着呢。因为用的是布，背网子里装的东西，尤其是大一点儿的，大致都能看出形状，猜个八九不离十。那人的背网子里的东西，圆圆的，一寸厚，这形状让所有挨着饿的人都会以为是火烧馍。有饥民被饿鬼驱使着，由不得自己，一路尾随，过了县城边的上桥，天色暗淡，又有树梢遮挡，便寻一无人处，一棒打在头上，杀了那乡下人。打开背网子，那圆圆的、一寸厚的东西原来是一个木水桶的桶底。故事我只记到这里，至于那乡下人究竟是哪个乡，杀人的凶犯除了懊恼和后悔外，如何被绳之以法的，记不得了。时至今日，几乎每一次吃火烧馍时，总会想起这个故事。

火烧馍除了当正经的、顿数上的饭之外，对于那时的小孩儿，最让他们惦记的其实是火烧馍水分少，干，不容易放坏，存放的时间长。这时间一长，便可藏起来，当零食，甚至在同学和隔壁邻居的小伙伴们面前显摆。说不定，还可以换个玩具，或者看上一本期盼已久而不可得的小儿书。

现在的人大多居住在城里，关于火的理解与早先已有根本上的区别。过去在农村，因为火柴用完，甚至就是没有火柴，在火塘和灶火之间找来找去，看到一丁点儿火星子，便小心地护着，用草、刨花等易燃的东西裹上，轻轻地吹，让它又长出火苗来。这是常事。就是拿块柴，到邻居家去借火，也不是稀罕的事。那时的火是有火神的，现在的火来自开关，有的只是气费、电费单子上的金额。

火烧馍已经开始慢慢地远离我们了，这也正常，世事本就如此。

面　面　子

　　九寨沟当地人口中的面面子，其实与盛行于广袤西北的油茶是一回事。如果说有区别，一般面面子不熬，不煮，开水一冲，即食。这倒是符合现在城市年轻人的生活节奏。最近这段时间，我的早餐也是面面子。早先习惯晚起床，家人已用北方油茶的食用方法熬好。锅中水一沸，打个鸡蛋进去，算是升级的豪华版。等我吃时，碗面上已经凝了一层薄膜，水与面完成无缝连接，完全混合在一起，成糊状，入口毫无层次感，咕嘟嘟地灌。不似开水冲出来的，厚薄自己可以掌控。尤其是面上的水，喝一口，闭嘴，在口腔中一跑，把藏着的油渣之类，一并带着，快速地咽下去，那感觉是极爽的。

　　记起家里炒面面子，是有一年的腊月杀年猪时。杀年猪是件大事。头天晚上，便要去杀猪匠家里，把杀猪凳和烫猪的大木桶用架子车拉到自家的院子来。烫猪桶的大小和形状与现在家里洗澡的木桶完全一样，直到今天，我洗澡时，难免会想到杀猪，习惯性地用鼻子使劲儿嗅嗅，总觉得有一股烫猪时特别的气味。早上，从杀猪匠跨进院子开始，灶房一直要忙到深夜。这是一种那年月最幸福的忙。忙到最后的一件事，是炼油。板油切成小块，肠子上的花油也要切，和水一起煮，直到把水都煮干，油渣们泛黄。但凡家里杀猪，孩子们再晚也是等着，等的就是这油渣。奶奶会专门放一块纯瘦肉进去，一起炼。被油渣炼出来的油炸透了的瘦肉，金黄金黄的，烫，凉一阵后，分给守着的我们。一丝一丝地撕着吃，偶尔也蘸一丁点儿盐，吃了这平素见不着的肉，才算完成了心目中的杀猪这件大事。奶奶和母亲还要忙。炼完油的锅，油油的，可不敢洗了。灭了灶膛里的明火，就用这烧了一整天的热锅，放一些白面进去，用铁铲不停地翻动。刚炼出来的油渣和剥好的核桃一起切碎，等面的颜色已炒到有轻微的黄时，放进锅里，一起翻炒，直到油渣里的动物油和核桃里的植物油被赶出来，慢慢浸入面中。浸了油的面和先前干炒着的观感截然不同，就像同一个人，腰包里装钱和没装钱，整个精神状态能够让人感觉得到不一样。铲到擦拭干的盆子里后，还没完。盆子里的面，要不停地翻动，直到把热散尽。否则，高温的炒面会因为自身的温度把自己烘焦。最后这道工序，母亲会让一直守着灶台的我参与一下，但又会表现出极大的不信任，怕我偷懒，不停地在旁边提醒我。因为稍有一点点的疏忽，就会铸成大错。这样炒出的面面子，吃时用开水一冲，便是人们眼中营养价值极高的滋补品，专供家里的老人和病人食用。

  炒好的面面子会装在不朝外浸油的陶瓷、搪瓷或者玻璃的罐子里，以便保存。一般人家并不常吃，可吃的时候，技巧还是少不了的。先是在面面子里多放点儿盐，比平日的口味重一些，把盐和面面子一起搅匀。然后，用勺子把面面子压实。这之后，把开水倒进碗里，炒面会迅速泡涨，因为压得紧，挨着碗底的那些，还是干的，可以等下一次再加水。如果压得紧的话，可以冲四五次，稀稀地喝，这就是多放盐的道理。三番五次，直到最后，才用勺子把巴在碗底的面面子与水搅在一块，喝干净。这时，碗里干净得就像刚洗过一样。所以，这面面子与其说是吃饱，不如说是喝饱。唯有这般，才算对得起这人间最稀罕的饮食了。

在我的印象里，家里极少炒面面子。也不是我们家，那时候大多人家都是如此，日子都过得不容易，谁家也没有闲着的细粮，再搭上油渣、核桃之类的奢侈品去做这当不了顿的玩意儿。1981年，从没离开过县境的我要出门去读书。母亲特意给我炒了一袋面面子。不是杀猪的时间，自然没有油渣。母亲就用半肥瘦的猪肉，先炼成油渣的那种感觉，然后再炒面，放切碎的核桃。这次的盐，母亲是一次性地放进了面面子，还专门尝了，说，在学校可不比在家，不方便放盐的。到了学校后，给大家讲这面面子是什么材料做的，怎样做的，把整个吃的过程给大家说清楚，然后，就有人说啥子面面子哟，分明是油茶嘛，来自纯藏区的同学则说，糌粑，绝对是我们藏区吃的糌粑……一个人吃独食儿，本就做贼般尴尬，这一通眼神在身上扫来扫去，像是警察搜身一般，更让我不敢三番五次加水，冲这其他地方都不这么叫的面面子了。有时瞅着寝室没人，大大地舀一调羹，快速塞进嘴里，结果嚼得干面粉四处乱跑，鼻腔里都是炒面的味道。这时，如遇人来，一说话，便会喷得云遮雾罩，吓别人一跳。这种吃法，只好直接灌上一口水，冲进胃里了事……此后一到要开学，母亲总会早早地炒一袋面面子让我带上。再后来，不知不觉间，也就没再带了，这肯定是我自己提出来不带的，原因是有这诸多麻烦在里面。

那时候，我农村的同学，包括比我小十几岁的在县里上学而家在农村的学生，考上外地的学校，多数人家都会炒上一袋面面子。虽说是同样的饮食，每家做出来却区别很大。仅凭颜色就可作出大致的判断。颜色深的，多半是油放得多些，或者加了捣碎的核桃，甚至切细的猪油渣。颜色浅的，自然配料少。最简单的莫过于直接把白面炒熟。盛面面子的工具也在随时代的发展而变化，先是自家缝的布袋，后来是塑料袋，再后来是铁皮的饼干盒与玻璃瓶之类的了。现在，想必九寨沟外出读书的学生，不会再带面面子了。就连吃面面子的老人也不多了。去年回家过年，走人户，去看一位老人，问家里人买些什么好，说是牛奶、麦片。时代在变，谁都不知道面面子能和九寨沟人一道走多远。

工作后，也就慢慢忘记面面子了，偶尔，母亲和妻子也会炒些，也是吃耍，当不得顿。年轻那会儿，工作加班的时间多，半夜回家也是常事。饿了，舀一些面面子在碗里，开水一冲，连吃带喝，方便。直到有一天晚上，过了十二点，如法炮制了一碗，倒头便睡。一个多小时后，原本装进胃的面面子和水，倒流食管，难受死了。从那之后，晚上再饿，也不敢喝面面子了。

教书、当警察、干接待办主任等，到现在编辑诗歌，年龄大了，身上的惰性也就多了。有一点坚持得最好，那就是不迟到。不仅上班，即便饭局，也是很少迟到的。不仅不迟到，而且还有相当严重的强迫症。乘飞机、赶火车就不讲了，现在，即便是开个不重要的会，赴个喝茶的闲局，我也会无数次地看高德地图，看整个行程所需的时间，给自己留出一个提前的量，这样心里才不那么紧张。有一次问一位学心理学的朋友，他说，这个是抑郁症的表现，不过还没到需要治疗那么严重。刚到成都那会儿，没有地铁，公共交通相对落后，尤其是上下班的高峰时期，打个出租也是千难万难。对于晚上的饭局，我时常是下午三四点便出发，到附近找一个清静的茶馆，或咖啡馆，带本书，有时还会带上笔记本，顺便码点儿字。准点儿到，就再正常不过了。一个天天熬夜的人，能够不迟到，算是优点。说到饭局，每一次除了主宾、主陪，那么三两个说事的要紧的人，多数都是可有可无的陪客，迟不迟到，也无关紧要。比不得在麻将桌子上，如果三缺一的话，等的那三人必会说出一堆极难听的话，直到大家都认为迟到者人品有问题。哈哈。保持不迟到这优点的代价之一是长年不吃早饭。这已是多年的陋习。直到前几年胃开始提意见，才认真琢磨早上吃什么的问题。稀饭、馒头、包子、油条、面条、粉、豆浆……能吃的早餐统统试过，没有一个能坚持下来。直到有一天，脑门里灵光一现，面面子，就是它了。可是，连续吃了几个月，又兴趣全无。人哪，更多的时候，就是自己把自己搞成莫名其妙的。

面面子，炒一次，能吃一个月左右。好在这东西，干干的，一年四季都能放，不会坏。早上起床再晚，放几勺在碗里，头天晚上烧好的开水，一冲，一口气喝下去，搞定。个人觉得，其营养丝毫不比牛奶泡麦片差到哪里去，关键是适合它的还是中国肠胃。

现在炒时，比过去多了花生、芝麻这些九寨沟不产的乱七八糟的东西，白面的比例因为这些东西的加入，自然小了许多。可老是觉得，香味终究不如过去。我知道，这与原料和炒制的方法乃至水土无关，是我自己在变，不仅是嘴，不仅是味觉，更多的是对粮食的敬畏已经没法和过去相比了。我也知道，这不是我一个人的问题。还有环境在变，周围人的饮食习惯对人的影响太大，不适应都不行。比如，相对于大米，我小时就不喜欢吃面条。现在，在成都上班，中午和编辑部的几个年轻人出去吃遍了附近的小面馆，并且，还选了风格和做法完全不同的两家街边店，交替着换着口味吃，也算是小日子、小安逸吧。

前两天打开冰箱，看到一个玻璃瓶还压着满满一瓶面面子，已经想不起是什么时间炒的了。就如少年时无比喜欢的课外书，几遍几遍地读过，还用包课本的书皮把它包好，压在属于自己的一个小木箱里，现在，书到哪儿去了，怎么想都想不起来。

水耙面馍

山里人在玉米收获时，伴随着房前屋后还有自留地里瓜瓜菜菜的收回家，迎来一年之中最"富庶"的时候。饥荒这个概念，也就暂时离人们稍微远了一点儿。山大，人少，虽说偏远了一些，对于解决肚子问题，也是有好处的。

生活困难的时候，孩子们干活儿一旦不用心、不出力，或者吃饭时不慎撒了点儿饭粒，便会招来大人喋喋不休的唠叨，骂人的话时常挂在大人们的嘴边，像是秋天的树叶，风一吹，说下来就下来了。孩子们忘性大，骂虽骂，哪怕讲得饥馑万分，终因没有亲眼见过饿死人，自然一如既往地当耳边风。骂人要举例子来骂，才显得有说服力。每家的大人举的例子惊人的一致，都是离我们不远的甘肃，故事一样一遍遍地讲，孩子们也就不怕了，只是记住了几个极贫的地名。每年的冬天，成群结队来讨口的岷县人真还不少。不听大人的话时，或是大人们闲得慌时，也会说，娃是从岷县来讨口的人中收留的，要送回岷县去之类。听多了，吓多了，就知道大人在说假话，也就不在意了。记得小时，我也用这话吓过弟弟，说他是上塘有家人养不活了，送给我们的。

许是少数民族地区的缘由，国家在统购粮时，有特殊的政策，就算劳力不行，成倒找户，该欠的欠，该分的粮食生产队还是会按人口分些下来。没听说过饿死人，但饿肚子是每个孩子必须上的一堂人生大课。很多同龄人的世界观、人生观、价值观就是在饥饿中形成，被饥饿左右的。我问过后来成为胖子的、一起长大的很多同学、发小，他们几乎都是这样的答案：从小穷怕了，饿肚子饿怕了，后来，有了肉，有了粮，心里虽不怕了，但不晓得是啥原因，嘴和肚子还是空落落的，还是要吃，管不住呀！时间一久，自然就吃成胖子了。关于肥胖，我自己还琢磨出这么一个缘由来，现在的猪呀、鸡呀之类的东西，都是吃添加剂、催肥剂之类的玩意儿长大的，这样剂、那样剂的，必定在动物们的体内有残留，像蔬菜上的农药、化肥一样。这一残留，终是洗不尽的，被人日复一日、年复一年地吃进胃里，继续发挥着它们的药效，这人也就多多少少在不知不觉间肥胖了起来。因为药效的缘故，想减也还真不好减下来。

玉米是主粮，玉米收成好了，一年的粮食就有数了，一家人活得也就有了底气。玉米是粗粮，但凡还有其他吃食，玉米就是孩子们最嫌弃的。为不想吃这粗粮而挨骂甚至挨打的孩子，不是少数。上天总是公平的，在赐予孩子们最不喜欢的吃食的同时，又让这种吃食给了孩子们其他庄稼所不能给的惊喜，也算应了那句外国人流传的老话：当上帝关了一扇门，一定会为你打开一扇窗。玉米秆、烤青玉米、炒玉米花，还有水粑面馍，就是上天给山里饥馑的孩子打开的一扇窗。

连同外壳一起的玉米要一趟趟地用竹编的背篼背到生产队的保管室。上灯时分，草草吃了晚饭的人们会集中到保管室，撕玉米。把玉米的外壳撕掉，堆在一起。成熟、饱满的玉米堆在一处。青涩的、没长成熟的，还有那些长得零零星星的癞花子，这些要单独放在另一处。撕玉米的关键是，每一个玉米要在屁股上留两片有韧劲的玉米壳，这两片玉米壳要系在从房梁上坠下来的铁丝上，慢慢堆上去，一个压一个，整个玉米结实地捆在铁丝上，等到晾干后，再脱粒。孩子们反正没事，跟着大人去撕玉米是件好玩儿的事。一盏瓦数极高的电灯吊在院坝的中央，围着灯泡飞的各种蛾呀蚊呀数不清，像是人们发出的各种不同的声音，不同大小，不同层次，完全是乱的，人世一般。人们围着玉米堆边撕玉米的皮，边说张家长李家短，算是现在的夜生活了，并且，还要赚到几个工分。更多的时候，队长会传达县里和公社的开会精神，会对白天干活儿时出现的偷懒情况狠狠地骂上一阵子，也会对第二天的农活儿派工。有时，公社和队上会专门安排识字多的社员念报纸。生产队长一般文化程度不高，只训话、派工，会找一个识字多的，比如会计、记分员之类的人念报纸。念报的人会站在离灯近的地方，身影投下来，显得很高大，时不时用报纸拍打那些飞蛾，手挥得和县里的干部一样。孩子们则在撕下来的玉米壳堆里打闹，当然，最有吸引力的是躲在暗处，悄悄地顺一两个没成熟的青玉米回去。收成不好的年头儿，大人们会顺老玉米回家，孩子们不管收成，只管好吃，一律青玉米。但凡收成好点儿，大人也是顺青玉米给家里的孩子解馋，似乎青玉米不算是粮食，也就与偷之类的词沾不上边了，拿得也就心里没了纠结。

作为主粮的玉米，一个生产队要收十多天，从气候好的河坝先成熟的玉米开始收割，然后，沿着山势，按玉米成熟的时间，一天天地朝高处收割。这个时候，天天夜里都要去保管室撕玉米。这种天天有甜玉米秆、天天有烤青玉米吃的日子，是每一个农家的读书娃最骄傲的时候，它意味着天天有东西拿到学校去提劲、炫耀，毕竟，这种时候是不多的。我至今还清楚地记得，用一个烤熟的青玉米，换了一页《人民画报》用来包书。那时候，书读多少不管，新学期的教材总是要有东西包一包的。几乎每一个学生还没开学，就把包教材的纸先准备好了。最好的就是画报，除了纸的质量好、耐磨之外，还有丰富多彩的图案——家在农村的学生很难得有一张这样的画报纸。当然办法也是有的，比如我就用一个青玉米换了一张印有样板戏《智取威虎山》中杨子荣打虎上山的大彩照的画报。包书再次一点儿的，就是过去用来装水泥的口袋纸，我们叫牛皮纸，结实，一股浓浓的水泥味，一拍，还有水泥粉尘出来。现在这种水泥包装早已不用，都改成了蛇皮口袋那种。最次的，要属旧报纸了，不禁磨，随便一划便破了。

那些青涩的、没长成熟的、长得零零星星的赖花子玉米，最后要照人口多少，按堆分给每户。背回家后，嫩的挑出来煮，稍老一些的选几个出来烤，剩下的一粒粒地用手剥下来。剥下来的玉米粒还在细嫩着，芯里还是没熟的浆，就趁这嫩劲到生产队的磨坊里去磨，像是现在做豆腐磨的泡湿的豆子。磨出来水粑面，不是面，比浆稠一些，玉米粒的皮，大片大片的，因为嫩，好消化，用不着磨细。也有年景不好时，青黄不接，等不得玉米熟透就急着收了，做水粑面，度饥荒，救急。

水粑面主要拿来蒸馍，偶尔也做挤挤子。做馍简单，如果磨水粑面的玉米老了些，蒸时需加适量的水。用手团成一个个半斤八两大小的面坨，放在蒸笼里蒸就是了。蒸笼的盖子一揭，完全不同于正经玉米馍的清香一下就扑鼻而来。如果成熟的老玉米是大河的话，这水粑面馍的香味就是河流发源处的涓涓细流，细到让你摸不着，但是又清晰地知道，这就是一切关于粮食的香的源头。

水粑面馍因为没有发酵，死，像是没唤醒一样，比蒸玉米面的馍要费时间得多。蒸好的水粑面馍直接吃，无须菜佐，只是哽得很，要一碗白开水，边吃边咽才行。连麸磨，加上与玉米粒中的浆一起，是磨不细的，粗糙得很。正是这粗糙，倒适合山里的做活路的农民，禁得住饿。

粗糙归粗糙，香，还有嫩玉米的甜，这就成了孩子们喜欢的吃食。凡是粗糙的，总会演绎出细作的路数。人生如此，万事万物如此，任何际遇，用这样一个比喻都可参透。

冷了的水粑面馍，切成手指厚的片，放在火边慢慢地烤，把本是嫩黄的馍烤出焦黄，在这烤中，青玉米的香又一次涅槃，升华成更加深刻的关于粮食的美好口感。水粑面馍的顶级版，是把手指厚的馍，一片片放在油锅里炸。油少时，在锅里炕，也是欢喜。炸出来的水粑面馍，比烤出来的又多了一次清油的加持，除了黄中有油浸的色彩，还添加了油香，仅这油香，在生活不富庶的年代，就可以傲视群雄。

现在的酒店常见到一种玉米粑的小吃。一问，才知道是多年以来早就流行于川渝之间的一种食物，只是我在高原上待着，没见过这么精致的粗粮。原本属于穷怕了的时代，没有办法时才吃的粗粮，现在也上了大酒店的餐桌。玉米极嫩，清香得有些不真实。一吃便知是机器打出来的，细得感觉不到是粗粮，尤其是一条条地由玉米的皮包裹着蒸出来。玉米皮的成色显干黄，一看就是从长成熟的老玉米上撕下来的，不是包着这嫩玉米的原配。干的老玉米皮用水泡软和，再裹着机器打好的玉米浆，上锅蒸，有没有玉米皮的味不重要，重要的是有玉米皮这种形式。这样的玉米粑，小巧，且精致得只有一口，不像幼年时山里面的水粑面馍。有一年回九寨沟，正是吃水粑面馍的时间，我对母亲说，现在的人怕是不再做水粑面馍了。母亲说，有呀，现在有人专门做水粑面馍，在市场上卖。于是母亲去了市场，一会儿就买了半个水粑面馍，说是两斤。这山里的与城里的，仅此一比，就不像同一种饮食。最关键的还不在于大小之分，而是对食物的理解和态度不同。现在，城里人的玉米粑粑，是从嫩玉米的香甜中寻找一种可以安慰日常心灵的粗粝的刺激。而山里人，则是在粗糙的生活中想要找到内心深处需要的柔美，需要的抚慰。

九寨沟当地的庄稼不是一年一季、两季地熟，而是一年熟一季半。玉米、小麦、洋芋这样的大庄稼成熟后，会给土地留下些时间。遇上年景好，人不折腾，这样是挺好的，一季正经庄稼，剩下半季，种些瓜瓜菜菜，用来调剂小老百姓的小日子，国泰民安，六畜兴旺，算是不负老天的眷顾。遇到天灾人祸，剩下的半季时间，也要拼着命地像一季那样种些正经庄稼，赶在霜降之前，收些粮食回来。恰恰是这半季，成就了水粑面馍这道美食。大春割完了小麦，赶着犁地，撒一些能够早熟的玉米种子，这一茬儿玉米，需在种冬小麦之前抢收回来，不得误了正经庄稼。再是早熟的品种，终究是半季。肥足，水分充沛，再加上占了光照时间长的好地段，这些玉米赶着赶着长，也就熟了。同样的世界，总有时运不济的，再加上先天不足的种子，命运自然不同。尤其这二茬儿玉米，赶上气候日渐寒冷，成长时间仓促，再加上先天禀赋这些差距，要想成熟为饱满的玉米，是很不容易的，是有极高的淘汰率的。正是这淘汰率，让众多的、未成熟的青玉米，成就了水粑面馍这道吃食。

本地吃食中，唯这道的食材不属于春华秋实，倒像徐娘半老，或者半路杀出来的程咬金，给老百姓的苦日子一点点青涩的甜。因为没有刻意为之，所以这些年来，水粑面馍便成了可遇不可求之物。细想一下，已是多年未吃，越是细想，就越想得要紧。

椒芽子饼子

《诗经·周颂》中有"有椒其馨，胡考之宁"的句子，说的是关于祭祀的场景，意思是闻了这椒香，大家都可以平安长寿了。由此可看出，一是这花椒自古以来便有之，起源于我华夏；二是古人以闻香为第一要义，谈的是嗅觉，不像今人，说的是味觉，图着麻得痛快。虽说鼻子仅在嘴巴上面一点儿，但这一点儿，便显得不俗了，仅是求长寿还罢，人家为的是安宁，已到了精神层面，不服不行。

老九寨沟人把花椒叫作椒子，花椒树叫作椒子树，虽说只少个花字，也是言简意赅，合着古风。花椒的黑得发亮、圆圆的果实叫作椒米子。椒是秦人的老音，与九寨沟连得很近，想必有渊源，与后来的胡椒、辣椒、海椒无关。

没上学时，用现在的话讲就是社交圈局限在亲戚与合作社生产队里的邻居中间。上了学，扩了一下，多了同学与老师。这一扩，一些日常生活中的词也就发生了变化。比如成天吊在嘴上的、几乎每天每顿都少不了的辣子，在老师和外地来的同学口中被叫作海椒、辣椒。这一叫不打紧,像是一个标签,但凡说海椒、辣椒的在小孩们心目中都是来自川内的富庶之地,是见过世面的。说辣子的都是本地的农民,无形中,又多了一分自卑。辣子这个词,现在在九寨沟还讲,一听便知晓是当地人。椒子在县城,或沟口,以及公路沿河的地方,叫的人越来越少,偶尔从山上村寨里上了年纪的人口中说出来,一听,那味真是纯朴。

现在的春天越来越早,冰也难得见到。过去,关庙沟的水出来,被引去浇下较场和县中学下面的冬小麦地,流得四处都是,路上结满了冰。即使到了过年的时间,整个县城好像还在睡着一样,除了家家户户冒出的冬天独有的烟子和零零星星的鞭炮响声之外,丝毫没有新春的样子。现在变化大,每年除夕上午,都要去后山给爷爷、奶奶上坟,站在防洪沟上望着低处的县城,从楼房里冒出的烟子比过去淡了许多。过去有烟囱的多是机关里的人家,农户们没有烟囱,烟是从木架子和土墙筑成的房子的各种缝隙中漫出来的,整个县城都被笼得一动不动,时间都像是被凝着,全然没有第二天便是新春的感觉。现在已大不同,但凡落一点点所谓的春雨,整个大地像是憋着一口大大的气,就等着过年,就等着把这越来越无趣又不得不翻的槛跨过,恨不得春暖花开、四处发财。过去的人过年就是算收成,算知足,算幸福感。现在的人还没过年,想的就是还缺点儿啥,来年再搞点儿啥。就连乱石窖中的浑身带刺的椒子树,也早早地吐些嫩芽出来。

椒芽子一冒出来，就长得快，过不了几天，就可以看见比虮子还小的绿色的果实。嫩嫩的，掐个尖，不多，弄上一捧，就可以好好地吃一顿椒芽子饼子。

盆子里盛上一碗白面，放点儿盐，舀上水，稀稀地和成面浆，再把刚掐回来的椒芽子放进去，搅均匀。摊椒芽子饼子要用清油，只有植物和植物搭配在一起，才会把那种清香发挥到极致，容不得半点儿猪油，更不要说牛油。油烧得开始冒烟，用勺子舀一勺里面有椒芽子的面浆，贴着锅沿匀匀地倒进锅里，要薄，等挨着锅的一面炕得发了黄，用铲子一翻，接着炕另一面。两面都黄了，椒芽子饼子就成了。

有一种不只川菜中用到的调味品，叫作椒盐，就是用花椒与盐混搭，制造出的一种味觉刺激。你如果想象到了花椒与盐的配合产生的奇幻，你便有了探寻最初的椒子与盐最简单的携手是如何直接成就椒芽子饼子的冲动。

还是人民公社时代吃过，之后，只是想过。这饮食，看似简单，来路却大多不正。现在的椒子树都属于各家各户自己的，那一根嫩芽就是日后的一把花椒，自家人谁也舍不得。我中学、小学的不少同学读书的学费就指望着家里的两棵椒子树，可不敢这样糟蹋。和我们知晓的大多的故事和电影里说的，养一只生蛋的母鸡，把蛋攒下来换学费一样。不过养母鸡生蛋要一个个地攒，麻烦，不像这椒子树，时间一到，坡里一红，老人、小孩儿一起去摘了下来，在自家的院子里，簸箕也好，油布也行，高原上太阳大，只要是晴天，花椒的成色会通红，一顿暴晒，裂了口，红色的花椒收到一起，黑色的籽收到一起便是。有人家等不到进县去卖，直接就卖给收花椒的贩子了——四下里会有这样的贩子走动，价格合适就算成了。花椒的籽留着，留得多的人家也会榨成油；留得少的也就不当回事，在砸窝子里砸了，总会想到做什么吃时，把它用了，绝不会浪费的。也有孩子每天上学偷一小撮，分给同学，一粒粒嚼得通嘴都是麻的。那时吃椒芽子饼子的人，一是顺手掐一点儿队里树上的；二是在坡里，四下无人，也不管谁家的，掐点儿就走，回家悄悄摊了饼子，不声不响地吃了。请你吃椒芽子饼子的人说，椒芽子是野坡里无主的椒子树上掐的，你大可不必相信。

我不知道还有人吃椒芽子饼子不？许是我回家回得不是时候，错过了这美味，总之没怎么见到。想想现在若是还有人想吃，也是容易，连香椿芽都在塑料大棚里插枝，一个花椒的芽，也不是难事。要不就是吃的人少，没了市场，就不会有人去琢磨着做了。还有一种可能就是，年龄大了，小时候吃过的，只是个念想，其实并不好吃。

懒笼馍·圈圈馍

蒸笼是一件正经家什，一般农户人家是置不起的。我们家的蒸笼都是改革开放后，家里的日子渐渐好起来才置的。内地的蒸笼都是用竹子制的，高原上除了大熊猫吃的箭竹，稍粗一点儿的竹子都长不大，是无法用来制蒸笼的。日子过得悠闲后，白水河下游的甘肃陇南，气候好，长大竹子，慢慢逆水而上，也在九寨沟人家的院坝里种了起来。我读中学时，从海拔九百米的与陇南文县交界的青龙桥移了一丛竹子，说是南竹，种在院坝的粪坑边。我们家算是县城种竹子早的人家，这丛竹子长得好，房子一样高，引来不少人看稀奇。九寨沟再好的竹子，都制不了蒸笼，制蒸笼要用上好的、无节疤的松木做。用刀揭成一块块的齐整木片，抛光，加热，弯曲……需要一整套工序。制一副蒸笼要花不少的钱，或投许多的工，粮食紧张时，一般的人家，一年蒸不了几回馍，置在那里，也没多大用处。需用时，朝有蒸笼的人家借一借，也不是难事，山里人，拐来拐去，总会扯上亲戚关系的，谁还不求人了？当地有句俗语，国舅家都还差个椅窝子，说的就是这事。借蒸笼也就是个开口的事，不会被人家拒绝，还起来也简单，蒸啥给啥，蒸玉米馍就在洗净的蒸笼放上两个玉米馍，蒸白面馍就放白面馍。

懒笼馍不是蒸笼里蒸出来的。九寨沟的懒笼馍与现在成都一度流行的柴火鸡的锅边馍，还有东北菜的乱炖在锅边贴的饼子有区别。柴火鸡与东北乱炖锅中的菜都是荤菜，懒笼馍则是洋芋、豆豆子、南瓜在锅中三结义，熬制过程中产生的。四季豆不管啥品种，一概叫作豆豆子，唯一有称呼差别的就是其中一种短小、无筋、成熟后的果实口感极面的叫作没筋豆。过去的粮食种子，都是代代相传，现在不行了。成都的菜市场里找不到这种没筋豆，九寨沟还有，据说种子是乡下种豆豆子的人自己一年年护下的。吃起来也有些柴，不嫩不面，有了筋。许是品种退化的原因，还有与其他豆豆子混在一起种，杂交授粉引起变异，也难说。当地人把烹制方法中的烧，不叫烧，叫熬，应了字的意思，加水，小火慢煮。因为是熬，所以油用得极少，从腊肉上切一小块肥的，再切成丁，锅里炼了，把洋芋、豆豆子、南瓜倒进去，翻炒一阵子，舀一大瓢冷水掺进锅里，等锅里煮起来。案板上发好的面要像做馒头还没切成一个个之前那样，揉成一根圆圆的长条形。这长条形的面两只手抬着，放在离锅里的水寸把高的锅边贴住，首尾相连成一个圆圈。盖上锅盖，慢慢熬，锅里的菜熬熟了懒笼馍也就蒸好了。

小时候吃懒笼馍有讲究，掰馍时多要锅巴，懒笼馍的锅巴和其他不用蒸笼而在锅里蒸馍时产生的锅巴大不相同，熬菜时有油，油会随着水汽到锅盖，凝成水珠后又顺着锅流回去，来来回回，锅巴就是它的必经之地，这让懒笼馍的锅巴比其他的锅巴香了许多。一坨馍，一碗菜，这菜也有说法，熬制时各种材料投放的多少要按瓜、豆豆子、洋芋的顺序来，瓜一年吃不了几回，还算稀奇。一年四季都有的是洋芋，自然嫌弃。

小时候的瓜大多种在房前屋后和自留地的田边地头，不占地。自留地的瓜等到长大时掉了，也是常事。不过我从没偷过别人家的瓜，和大多的孩子一样在别人家的瓜上刻些字是有的。字刻得不深，不会影响瓜的生长，会结疤痕，会跟着瓜一起长大。吃瓜削皮时，这些疤痕特别坚硬。

当地人早先把端午节叫作端阳节，叫端午的也是外地来的人，加上书上、报上也称端午，为此，当着老师、同学的面说出端阳二字时，又难免一点儿小自卑，总觉得自己土。作为四大传统节日的端午，对国人来说意义很多，爱国有屈原，爱情有白娘子与许仙，祈福辟邪是端午的首要任务。地处北方，最要紧的是度过春荒，麦子熟了，吃上了饱饭。有了主粮，地里的瓜瓜菜菜也熟了，做一顿懒笼馍算不得奢侈。九寨沟当地不知从何时传来的一个习惯，遇节气就搅凉粉，用自己生的豆芽打底，算是传统。有时在成都，遇着节气，不知煮什么饭时，妻子会说，买点儿豆芽，我们搅凉粉。过去搅好的凉粉盛在盆里，等着慢慢凉，心急时会把盆底擦干净，整个盆子放在水缸的水上面，这样凉得快。现在好了，直接放进冰箱。只是凉粉的味道，即使调味品再多，油再多，也没有从前香。妻子说，有一种香叫作"从前香",现在的什么味道都比不了。一想,对的,这从前香是时间熬出来的,再高明的厨子都没法再现。

圈圈馍一般是端午节才给孩子做的,用来祈福,求平安。老一辈常吊在嘴里讲过去如何如何,类似于今不如昔,没办法,这是传统。说到生活,现在的老人经过改革开放这几十年,大多不会再讲这样的话,今真远胜于昔。小时候的圈圈馍被老人说成了一朵花,只是我没见过。我见过的就是一个十来厘米直径大小的白面馍,中间一个圆孔,用刀在两面沿两个方向划些平行的线条,形成一些四方的图案,炕出来,薄薄的。只是大人的寓意深长,孩子的祈盼比平日多了一些而已。用一根带子穿过圆孔,系在脖子上,很要幸福一阵子。现在我于端午节回去得少,不知这圈圈馍还炕不?想必孩子们也只是玩,不会认真地当饭吃。现在的端午,无论一个地方出不出糯米,出不出粽叶,都是一色的粽子,如果有人给孩子炕一个圈圈馍,哪怕没有花纹,这人心中也是充满了诗意,算是记住了乡愁。

酸　　菜

　　十来岁时的事吧，依稀记得是个单位的家属院，房屋是平房，院子中间的矮凳上放着硕大的簸箕，一张张扑克大小、上了清漆的语录卡片，被依次摊开。那是第一次看见有人晾晒刷了漆的语录卡片。卡片一面印着语录，一面是统一的花纹。应该是印花纹那边是手工套印的扑克图案。为什么说应该？真是想不起来了，逻辑是没人敢把有语录的那面印成扑克的图案。一簸箕花花绿绿，现在一想，心还在痒。百度了一下，那时的一张卡片，现在在网上值几十元。一副制成扑克又刷了油漆的卡片，既符合那个时代的精神需求，又丰富了娱乐生活，今天看来算是那个时代的见证，想来因此价格不菲。现在一想，做这扑克的人，当年属胆大型。我玩过这种手工制的扑克。小时候玩扑克最多的打法叫作甩二。四个人摸牌时，谁先亮一张"2"，那种花色的牌就是主，可以管其他花色的牌。王最大，大小王一起的王炸，便是巨无霸。而酸菜，就是统领九寨沟一切饮食、上穷碧落下黄泉、无处不在的王炸。除了直接当菜、当汤外，可以和几乎所有当地产的粮食一起混搭，共同成为一道饮食。

做酸菜的原料最多的是圆根和莲花白。查了下，圆根的学名叫芜菁，原产中国及欧洲北部。打了霜后，从地里收回来，两个用途，好的挑选出来煮酸菜，其余喂猪。茎和叶切成一厘米长左右，根用专门的擦子擦成扁条。擦子都是自己做，找一片铁皮，均匀地开些孔，再固定在一块平整、中间挖空的木板上，顺着木板一划，圆根就擦成了一条条的，落在筶筶里。大的筶筶，当地的发音是淘筶，一般都是装了东西去河里清洗，想来该是这"淘"字的来历。茎叶和擦成一条条的圆根要分开装，因为下锅煮的时间不一样。煮酸菜是一家人的一件大事，来帮忙的人多，切的、擦的、挑着淘筶去河里洗的、煮的……按工序，有板有眼地忙着。人多的家里，有专门装酸菜的大黄桶，大到有一人高、两个人合抱不住的。这个黄，没出处，也就是个音，想来用皇更妥帖，大嘛。食材在开水里面轻微煮一下，圆根放在桶的下面，茎叶盖在上面，必须放陈年的老酸菜，用木盖子或簸箕盖好，压上石头，等着发酸就是。大多人家，要吃到来年圆根熟。有些酸菜老到舀一瓢浆水一倒，可以扯线线。煮酸菜最好的材料是春末和夏天生的野菜——苦苣菜。苦苣菜多生在玉米地里，本是中药，可清热解毒、凉血。用来煮酸菜，味微苦，有一种特别的香，算是酸菜中的极品。用苦苣作原料，煮不了多少，一般用陶制的缸或坛装，算是酸菜中的一个插曲。正经过日子的人家还是要靠那一大黄桶圆根酸菜。

主食玉米的所有做法，酸菜都在不遗余力地参与。从干到稀，酸菜操操饭、酸菜搅团、酸菜拌面饭、酸菜挤挤子等，都离不开酸菜。就连火烧的玉面馍，也要配上一碗酸菜汤，才不哽人。至于用白面做主食的酸菜面、酸菜面片子、酸菜颗颗子等，乃至用荞面、杂面、洋芋做主食，没有能离开酸菜的。酸菜这霸道，在九寨沟人的饮食里，我看除了盐，其他没有任何一样可与之相比，属当之无愧的王炸。

酸菜也叫浆水，现在回去基本上听不到这种叫法了，不知山上的村寨还这么叫不？出来念书、打工，见识过天南地北的游人的年轻人，多多少少学会了别腔，本地口音土得掉渣的浆水二字，用普通话或是四川话说，总觉得不是那个味儿。浆水二字，说着说着便改成酸菜，口音慢慢改成四川话、普通话，这也很正常，尤其是在旅游业越来越兴旺的九寨沟，一切皆有可能。

之所以叫浆水，是因其汤汤水水的，这么称呼很形象。沿河而下的农区，有人说三天没吃酸菜了，浑身不舒服，不得劲儿，这正常得很。为了解决吃酸菜的问题，人们也是费了心思。从大黄桶里尽可能地舀汁水少而茎叶和圆根多的酸菜出来，用手使劲儿捏，把水分捏干，在太阳下暴晒。高原上光照强烈，空气干燥，酸菜也干得快，这样的酸菜叫干酸菜。如果在成都，估计这干酸菜是晒不出来的。两周前吧，刚入伏天，热得要命，突然想起小时候的腊肉炖干豆豆子，便对妻子说，告诉九寨沟的老母亲，给我晒点儿当地的豆豆子。一辈子好强的妻子不让打电话，偏要自己做。下班回家，我平日躺着读书时放书和茶杯、烟缸乱七八糟的物件的矮长柜子上，放着簸箕，里面摊着已经在开水中氽过的豆角。这地方是一块大大的落地玻璃，下午的太阳正晒在豆角上。就这么晒了快一周，还是我先开腔，成都空气太潮湿，已经坏了，都还没干，扔了吧。妻子没趣地把它们装进垃圾袋，自己扔到楼下的垃圾桶里去了。于是，给老母亲打电话。第二天中午，在手机的监控上便看见豆角晾在家里小院中间一个小铁桌上。晚上又看，已收到簸箕里。又一个大晴天，说是已经晒好，哪天有熟人到成都，就给我带出来。早年，干酸菜是给出门到没有酸菜的地方去的人准备的。想吃了，抓一把，用开水一发，也就有了酸菜的样子，该做啥饭做啥饭，该咋吃咋吃。当然，味道相差甚远，聊胜于无吧。现在好了，自从有了冰箱，我估计九寨沟本地长大的人，不管在哪里，家里的冰箱里总有一钵从家乡带来的酸菜。有了正经的酸菜，也就有了酸脚子，有了酸脚子，万物皆可酸。有些人也就用市场上见得到的菜叶子，用九寨沟的煮法，煮起了酸菜，说是效果不错。在成都还没尝试过自己煮酸菜。冰箱里总是有吃不完的，从九寨沟带到成都的。有时，也用食品袋，一小袋一小袋地分开放在冰柜里，冻成一个个冰坨。吃时拿一坨出来解冻，味道肯定不一样，好在酸菜这玩意儿恶酸味可以压倒一切，对一般人而言，吃不出多大的区别。

　　日子过得再拮据的人家，只要有了玉米和洋芋，心就稳住了。拿东西换点儿现钱，去供销社买些盐，砸好的辣子面有了，大黄桶里一桶的酸菜有了，再难的日子，也会支撑着。除了百搭角色之外，酸菜也唱主角。舀一碗，倒进锅里，随便炒炒，桌上一放，就是可以下所有饭的菜。现在也炒，把酸菜先用清水洗一洗，捏干，大火大油，放几个干辣子，抓一把花椒，在滚油里炝一下，酸菜倒进去，几铲子，几粒盐，便好。这炒酸菜，不仅能下所有本地的饭，就是大白米煮干饭，下起来也是妥妥的舒服。

现在已没了用大黄桶煮酸菜的人家。一是一日三餐，酸菜的地位慢慢下降，有时竟变得不重要，已然并非离了它不可的角色。即便是山上的村寨也不再煮那么多，年轻人出去挣钱，孩子们在学校读书，没人吃了。二是爱吃这口的人，一年四季都有其他适合的菜用来煮，加之人们私下常聊，科学的观点认为吃多了易得癌，尤其是酸菜越老，毒性越大，所以吃它的热情已经衰减了。老酸菜除了满足味觉外，还有点儿湖南臭豆腐的感觉，闻起来有一种恶酸味，其他地方不好寻找，爱吃它的人一闻就想喝一口，解馋。没了大黄桶，恶酸味也就不好找了。

从成都到九寨沟有三条路：一条成都到都江堰到汶川茂县松潘到九寨沟；一条成都绵阳江油平武到九寨沟；一条成都到广元的昭化到甘肃文县，再到九寨沟，这条路线最长。虽然现在饮食上人们同化得很厉害，但这三条路沿途的饮食还是有很大的差别。第一条路进阿坝州最快捷，饮食以川菜做法加高原食材为主，也是招徕游人的有效法子。走第二条路，路上吃饭多在江油和平武境内，属典型的川菜。第三条路穿行在川甘之间，饮食区别也就大了。20世纪80年代初的一个暑假，在汶川读书的我放假后要回九寨沟。茂县塌方，说是要一个月才能修通。江油平武到九寨沟，那时只是一条运木材的林区公路，不通客车。要回九寨沟就只得走昭化，沿白龙江而上走文县。从汶川到成都花了大半天，再到火车北站，坐绿皮火车，摇十来个小时，在"到了昭化，不想爹妈"的地方下车，等一大早发文县的车。说是碧口电站上面的玉垒遭遇洪水，冲断了公路，班车只发到玉垒乡。一路的几位同学从老式班车下来时，天已擦黑。那时候的学生，一是没钱，二是有劲，一商量，连夜朝文县方向走，边走边看有没有合适的顺风车。不是完全黑透的那种夜晚，公路是灰色的，大致看得清路面。那次我是真见过睡着了走路的人，其他不觉得，只是跟着人群走便是，只是怕到了坎边还没醒。天亮后，又困又饿到了横丹村，一问当地人，才知道走了五十里。路边有一户人家，进去便问有没有吃的卖。家里的妇人说，家里没其他可以煮来吃，只有浆水挂面，三角钱一碗。对半年没吃酸菜又走了一夜路的人而言，这碗浆水面，值得记住四十年。以至于每次坐车过横丹，我都要伸出头去寻那家人的房子。变化太大，已经连方向都找不到，只是横丹的那碗浆水面，路标一样，成了个忘不掉的记忆。

每次回九寨沟，老母亲都会问，吃不吃酸菜饭？这酸菜饭已成了本地饭的代名词。从一日三餐离不了，到现在的孩子越来越不喜欢，慢慢地，这酸菜怕是真会成为一种菜，想起了，吃点儿，时间一久，就淡了。

二　道　面

　　成都的天气热得已超过有气象记录以来的最高温度。关于成都，我不止一次地给外地的朋友说过，夏天看中央电视台的天气预报，与长江沿线的城市相比成都的气温是最低的，冬天，则是最高的。所以，古人把川西坝子称作天府之国，是有名堂的。说到天热，老母亲从九寨沟打来电话，说是山里都热得很，想必成都更热，怎么过呀？我说，你操心得多，这么多人都能过，还会把我热坏不成？聊着聊着，就说起做凉面。小时候家里做凉面，只有一道工序与我有关。面要去擀面铺擀成细面，韭菜叶子样宽的面做不了凉面，薄，容易煮烂。细面煮熟后，立马捞进早已凉冷的开水中，在冷开水中迅速把面一根根地分开，不能黏在一起，然后，用筷子捞起来，把水滴尽，放在筲箕里。倒些熟好的清油在筲箕中的面上，边拌，边用筷子挑起来，这个不断挑起来的过程中，要有人不停地扇风。正常情况下，我就是这个扇风的人。那时，没有空调，没有电风扇，说是凉面，其实凉不到哪儿去，换种吃法而已。本地人自己家吃的凉面，少不了豆芽、洋芋丝和斜着切出来的豆豆子丝丝子。菜的初衷是顶替金贵的白面，现在看来，既科学，又爽口。有时候，菜明显地比面多，凉面只是个说法。

说完凉面，老母亲说现在街上的人都是去超市，或者粮店买面吃，早不种麦子了。这个街上的人，指的是过去县城几条街上住的人，就是现在和平、清平、梨花几个村的。老城很小，街上住的人比城里住的多。突然想起二道面，问老母亲，不种麦了，那现在的人就吃不上二道面了？她好奇地说，你还想吃二道面呢？我说，想起了，问一下，就是吃也吃不了多少，粗粮嘛，吃点儿对身体有好处。老母亲说，那倒是。

麦黄，杏黄。到吃杏的时候，一年中最难熬的春荒算是过了。再恼火的人户，新麦面磨出来，也要擀顿面，炕顿馍。不同的家庭，磨小麦讲究不一样。日子过得好的，白面磨出来，光颜色一看就要白些，筛出的麦麸自然多。日子拮据的，筛出的麸子少，面的颜色也就黑些。大多的人家，介于二者之间，不好不坏，日子过起走就行。但凡家境好的，都是从精打细算来的，面磨得白，麸子多也不是办法，万一遇到收成不好呢？把麸子再磨一道，再筛一遍，麸子剩不下多少，筛下来的面颜色是褐色，这就叫二道面。

二道面粗，说是麦磨出来的，味道一点儿都不像白面，就是捧一把在手心，放在鼻子底下闻，也没有白面的麦香，还要散发出一种怪怪的、不好形容的气味。吃起来，没得白面细刷，多多少少还要牙碜。

二道面说是面，却擀不成面片子或面条，没黏性。在我的记忆里，二道面就两种吃法。一种是把二道面揉成一坨，在案板上擀成一指厚，再用刀切成一条条的，在锅里和洋芋、酸菜混在一起煮；一种是蒸馍。我没有见过专门蒸二道面馍的人家，都是蒸白面馍、玉面馍时，顺带蒸些二道面的馍。褐色的馍蒸出来，一坨坨放在笤箕里，像是些土疙瘩。那时候，吃二道面馍的人总是家里出力气最多的大人，只要家境好点儿，老人和孩子总会有白面馍吃。

二道面馍最出彩的地方是用它的黑和粗糙，去衬托白面的白和细软。这种衬托是有技巧的，类似于做花卷。白面花卷是把发好的面擀成面片状，抹些菜籽油，再把做好的核桃、花生之类的料均匀地抹上去，卷起来，切成一段段，放进蒸笼蒸就行。再花哨些的，用筷子在中间压一道深痕，扯一下，扭一下，竭力做得像花。二道面的卷子，是用白面和二道面先揉两个面团，擀两个颜色迥异、形状和大小一致的面片，白面擀成的面片放在下面，二道面擀成的面片放在上面，一卷，一切，蒸出来的花卷，一层白一层黑地相互裹着，好看。

网上看到一个小文，说是从吃葡萄可以看出一个人的性格和心理状态，先吃大粒的人及时行乐，是乐观的悲观主义者，而先吃小粒的人，严谨且保守，是悲观的乐观主义者。吃白面与二道面这般混合着蒸出来的花卷的人，是不是也会面临着这样的选择。其实，这样蒸出来的花卷，因为没有油，白面与二道面粘得很紧，不是想当然地可以轻易揭出层来的。大人们一大口一大口地嚼着,是不会去区分它们的。倒是吃饱了的孩子们,拿一个这样的花卷,多半会按照吃葡萄的方法,一点点地掐着吃,这掐白掐黑,倒像是选择先吃葡萄的大粒或小粒一样。如果非要说个顺序,我记得我小时候是选着白面掐的。这样掐法,也是对美好的一种向往吧,算不得好吃懒做。

二道面卷子算是粗粮细做的经典。年景好时,二道面就不吃了,给家里的牲畜吃也不是不可以。年景不好,那是要用来当口粮的。年景说好不好、说孬不孬时,便可以这样与白面一起蒸馍来吃。口感截然不同的两种食材,因同根同源,自然融合得好,就跟好日子与苦日子一样,小老百姓们总是这样,一步步地过着。

玉面挤挤子

百度了一下,把玉米面简称为玉面,全天下,只有九寨沟人才叫得出来。粗粮中稳坐第一把交椅,土得揉不到一块儿还要掉渣的玉米面,中间只减一个字,便成粗的反义词,细腻得让人充满无限向往。

玉米面含蛋白质较少,黏性差,烹饪起来就不那么容易。干的,蒸馍、打操操饭;稀的,就是被称为九寨沟饮食界武林盟主的拌面饭,谁也离不了。县城就这么点儿大,我们这个年龄的人,都是吃拌面饭长大的,否则,便是不用干农活儿的非农业户口。介于干稀之间的,还有搅团。

川菜之所以能够在食材普通的基础上,把技法发挥到极致,与当地人们热爱美食且喜欢琢磨有很大的关联。面对黏性差的玉面,如何让它翻出花样来,想必先人们没少花功夫和心思。除了火烧馍、蒸馍、散状的操操饭和糊状的搅团、拌面饭之外,九寨沟人还创造出了一种把玉面的黏性和水分添加量的关系把握到极佳的吃食。众所周知,和好的玉面在水中煮,要保持固定的形状，几乎是件不可能的事，除非掺和些其他粮食。比如，擀白面一样的做法，玉面脆、散，绝对擀不成形，擀不薄。揉成团，刀削面一样削成片，或削成条，虽然做时把细些，能够做出来，一下进锅里，开水一煮，面片或面条便松散开来，成了一锅玉面汤汤。而人们的不懈探索，却能解决这一看似不可能的问题，推动饮食方式不断发展。不需要添加其他食材，在一个小盆里，当单纯的玉面和纯净的水的比例恰到好处时，玉面糊捏在手心，锅里是烧开的水，手一使劲，糊状的玉面从手指的缝隙间被挤出来，一条条地掉进水里，轻轻地翻滚，慢慢沉入锅底。这个比例，能够确保从手心挤出来的玉面条，不散开，不变形。这种饭，很形象地被称为玉面挤挤子。

挤挤子的最大好处是干稀皆宜。饭量大的、下力气的人舀饭时，把勺贴着锅边，慢慢朝锅底舀去，起来时干干的，满满的一勺玉面挤挤子，还有混合在一起煮、大小形状差不多的洋芋条。至于老老少少的闲人，舀时先用勺在锅里搅一下，让沉在锅底的挤挤子和洋芋漂起来，再舀，便是干稀适中的一碗。如果那几天人不 qiao qian（当地方言拟音，舒坦之意），从面上舀些汤，有玉米面、煮烂的洋芋，还有开胃的浆水，就营养而言，比川西坝子的人用大米熬的清汤稀饭强多了。

玉面挤挤子虽说是粗粮，但经这一捏，从指缝中间挤出来，又在水里一煮，虽然其内心依旧坚实，但外表总算变得柔软了些。平常日子，锅里先煮上切好的洋芋，水一开，洋芋在锅中翻几个跟头，舀瓢酸菜倒进锅中，再煮，然后把和好的玉面一坨坨放在手心，挤进锅里，很快一锅挤挤子就做好了。吃的时候，有小菜更好，没有，舀一勺熟油辣子也行。再没有，筷子在碗里蘸一下，挑点儿盐进碗里一搅，有咸有味，也可以连干带稀喝上两碗。遇着家里有人那几天没胃口，或是病了，家里又没细粮，煮饭的人会把这玉面挤挤子做个升级版出来：锅里的洋芋多煮一会儿，玉面比平时稍微和得稀一点儿，然后不放酸菜，直接挤，挤完后，从碗柜里拿出装猪油的罐子，也用筷子，挑一坨放进锅里，再放些盐进锅里，比平日多煮一下。这样，洋芋煮烂时的淀粉，散出来的玉米面，让煮玉面挤挤子的水成为有油有盐的汤，这是最好的效果，也算是那个年代的粗粮细作，一可以解无油荤的馋，二可以当病号饭。用筷子挑猪油，如果油是化开的，还算好挑，到了冬天，猪油也给冻住，这时把筷子整断也是有的，那就用铁调羹在火上烤一下，轻轻地一舀，就能舀起一调羹。小时候，这也是我喜欢干的一件活路，看着冻着的猪油在铁调羹一去后，慢慢地化开，想着吃饭时又有了油荤，没有理由不开心呀。

那时候，玉米有两种。一种是黄的，一种是白的。黄的和现在一样，很普遍。记得我是经历过玉米品种的改良换代的。过去的玉米小，玉米秆像甘蔗一样甜，产量低。后来，合作社统一种玉米苞大、玉米秆粗壮、产量高的品种，这个品种成熟的玉米粒顶部会凹进去，在玉米苞上整齐地排着，像是马的牙齿一般，当地人不知它的学名叫什么，就叫它马牙玉米。马牙玉米也许是起了这难听的名字的缘故，玉米秆一点儿也不甜，有一股马尿味。白玉米是极少的，在我的记忆里，自留地的玉米，或者合作社分的青玉米，偶尔会有几个。合作社分的玉米都是脱了粒的，黄澄澄地堆在保管室，各家各户都是用麻布口袋去装，因此即使有点儿白色的玉米粒，也是鸡蛋打进大河里——找都找不到。人们对白玉米的稀罕，怕是心理作用，小麦磨成的面，直接叫白面，这玉米面是白的，难免会产生心理暗示了。自家没有，合作社又不分，一年四季端着黄颜色的拌面饭和邻居的同学、伙伴们一起吃，偶尔看见有人端着一碗白玉米面的拌面饭，自然馋。有时家里也会冒出白玉米面，一般是乡下自留地多的熟人，用自家的白玉米种子种出来的，送过来几斤，让我们尝尝鲜。走时，少不了回送人家一点儿乡下没有的东西，这些是大人的事，我只管想着白玉米面什么时候煮来给我吃。

用白玉面做挤挤子，颜色上又靠近白面一步。白面是没法做挤挤子的，要么切削，要么在木勺里，舀些白面，一点点加水，慢慢地拌，拌成颗颗子，倒进锅里，煮法和挤挤子一样，也分酸菜和放油盐的两种口味，还多一种倒醋的。这样做出来的白面颗颗子，不光是牙用不上劲，而且吃得再多，也不顶事，地里做活儿的人，一泡尿就饿了。还是玉面挤挤子既顶事，又解渴，牙也有事做，没闲着。那时骂人的话"你一天嘴就没闲过"，说的是好吃懒做的人，现在，妻子在我刚把茶杯放下，又把烟点起时，也用这句话骂我，哈哈。

油 饼 子

很小时，就在灶台边，踮起脚，看着奶奶和母亲炕饼子，偶尔，也拿着铲子，在锅里翻动一下。其实，每一次煮饭，都让人充满向往。一是那个年代，所有的食物对所有的人都有着要命的诱惑。二是仅仅烹制食物的过程便是最盛大、最华美的游戏。最怕的就是碍着大人做正经事，被勒令离开，甚至惹得大人随手拿起一根灶门口的柴火，装出要打人的模样。炕饼子先要发面，这个轮不着我上手。面和水的比例、碱的多少是经验，一两天练不出来，就连天天在灶房里忙碌的人也有失手的时候。蒸年馍时的第一屉，之所以至关紧要，就是看碱扎得是否恰到好处。第一屉要么偏酸，碱不够，要么发黄，碱多了，这是常事，在第一屉的基础上作一些调整，后面的馍蒸出来，就妥帖了。被邻里说谁家的女人馍蒸得好、馍炕得好，在那时是很长脸的事。饼子是炕出来的，九寨沟不叫炕，叫打。馍有炕和蒸两种，炕出来的馍，与饼子的区别在大和厚。关键在于打饼子要用油，而炕馍则是在热锅里来回翻，与烙不同，灶里的火不需要那么烈,是让和好的面在烧热的铁锅里慢慢熟透。炕馍除了前期的准备,在锅里炕也是极考手艺的。用双手把软软的、圆形的和好的面谨慎地放入烧好的锅里,弄平整,慢慢地轻轻转,让整个馍不粘锅,直到整个馍挨着锅的那面定形,炕出锅巴来,再把馍翻个面。也有饿急时,这一层熟了的、薄薄的锅巴,也会被我揭下来,即使很烫,吃了再说。这翻面是技术活儿了,锅是圆形,定形的馍外径大于内径,一翻面,小的内径成了外径,翻不好,整块馍就不是圆形,而是摔碎的西瓜,七零八落了。就是这一翻没弄好,经常在炕馍时被奶奶和母亲赶出灶房,甚至用柴火打将出去。

打饼子这个词,很多人都是改革开放后才知道的。县城的老十字街口,悄悄地就支起打饼子的摊子了。刚开始是几角钱一个,香得没法形容。圆圆的饼子,四周厚些,到了中间几乎薄成了纸,这既是打饼子的妇人的手艺,也是生意人的精明。还有一招,中间虽然薄,省面,但会在最后,把最好吃的油酥放一点儿,不管你从哪个方向下嘴,最后总能吃到最好吃的,脆脆的,又香,也就不去计较生意人是否占了便宜。吃饼子时,心里惦记着的便是这中间薄薄的、脆脆的、上面有油酥的一丁点儿,反倒忽略了周边作为饼子的一种真实。人生往往就是这样,在追名逐利中,渐渐地忘了初心,就让那丁点儿的香酥,弄忘了本真是来吃饼子的,反倒觉得真正的饼子那部分不好吃了。街上有人打饼子卖了,说明政策好起来了,人们的日子一天天地好起来了。这好起来的日子,在饼子上也就会有所体现。打饼子是门手艺，普通的家庭，自己是不会做的，并且，不具备必须要有的专业家什：鏊。这鏊，是一种双面加热的专业工具，一般家庭自然不会备它。所以，要吃这打得极好的饼子，非得上十字街口去买才行。满足了在家没法完成打饼子的工序的人的口福后，打饼子又朝着多样性、丰富性发展了。人的欲望是无止境的，比如，饼子打了没多久，便开始分咸的和甜的两种。再后来，加油酥的单独加钱。还有嫌核桃米子少了，自家砸些核桃，和在面里的；也有嫌油不够，在菜市场买上些猪板油加着一起打的。20世纪80年代初，我们家养过几百只鸡生蛋，末了那段时间，鸡杀得勤，鸡油也多，拿一碗黄黄的鸡油去，看着打饼子的人把油和进面里，再从鏊里把油浸浸、黄澄澄、冒着热气的饼子拿出来，恨不得在人头攒动的十字街口扯上一嗓子。

　　后来我出门在外，家里人但凡知道有熟人要到我工作的地方出差、办事，大多会头天在家里砸些核桃，再到街上打些饼子托人家带给我。渐渐地，口味一变，几次回家，说是不喜欢吃打的饼子了，母亲便不再找人带了。倒是没有油的炕出来的核桃馍，常吃常想，家里人直到现在还在给我带。并且，里面加的核桃米子比平日里吃的多了不少。九寨沟的核桃馍在阿坝州也算是名优小吃，其他县来的人，回去时带的不少，口口相传，名气还不小。早上，用微波炉打热，喝奶，喝茶，或者喝一碗酥油茶，当早餐，既方便，又实惠。

　　后来，街边不准摆摊打饼子了，摊子便移进了菜市场。随着九寨沟旅游业的发展，又进一步对摆摊规范了许多。一天周末，弟弟陪母亲在县城周边闲逛，算是一种锻炼，中途，拍了一张坐着休息的照片，从微信上发给我看，让我猜是什么地方。照片的背景恰好是打饼子、炕核桃馍的摊子。九寨沟这些年变化挺大，一时没猜出来，提示后才知道是老县政府门前那条街拉伸过河的东山脚下。小时候，有个吊桥，叫中桥，刚好是在县城上游和下游两座桥的中间，后来，毁了，说是要修，却拖着，直到地震后才修起来。水泥拱桥，用来专门过行人。母亲和弟弟坐着休息的地方不远，过去应该是梨花村的水磨坊。记得高考完不久，和母亲一起在磨坊里还磨过面，当时还聊到了我会考上什么学校，今后会从事什么样的职业。那时，做梦也想不到的是，我会成为一个编辑，因为我压根不知道有编辑这样的职业。现在，河道变了，种庄稼的地也没了，沿东山脚是一幅二十多年前就竖起来的巨大的广告牌：人类只有一个地球，地球只有一个九寨沟。

打电话问妹妹小时候吃的饼子好多钱一个，给我从几角到几元，报了一串数字。社会在进步，物价在上涨，正常。说是，除了东山脚下打饼子的摊子外，老城区洪水沟边上还有两家，不过，现在很多人已经不怎么吃饼子了，买核桃馍的人多。

甘蔗味的火车

山里面没有火车。山里面也不长甘蔗。

山很大。能够爬山的，除了太阳和月亮之外，也就只有云彩了。河谷里生活的人，像是从山上滚落下来的洋芋，挤在数量少得可怜的河坝里，每个人身上都有一种一辈子也抖不掉的土渣味。平整的地拿来种玉米、小麦和一些菜蔬。一代代地，地里的植物长得都很冷静，甚至单调，甚至到了几十年后的现在，我在写这些文字时，也想不出一种与甜有直接关系的作物。所有的甜都来自白糖和红糖，像是与勤劳的劳作无关，与土地无关。红糖要敦厚些，像是迎面而来的一位农人，年龄大些，把自己的身世搞得一塌糊涂，这丝毫不影响你对他的信任，甚至是依靠。白糖灵活，可以用各种形式出现在你期望它出现的地方，虽是意料之中，也是一种惊奇，这种惊奇，与形式无关，终还是源于甜的稀奇。当一个人周围的生活场景与自己渴求得到的事物无关时，这种生活，要么已经高到一种与世无争的境界，要么低得让人不得不怀疑生活本身，或者，连怀疑都高于生活。我想,我和身边大多数人,在那个时代,都属于后者。也有例外,比如糖精的出现。后来才知道它怪怪的真实名字:邻苯甲酰磺酰亚胺,而它的怪更主要表现在,放得越多,越苦,没法喝下去。属于甜中的怪物,亲近不得。

合作社似乎把季节都取消了,一年四季都有活儿干。秋收的概念,只是把成熟的庄稼从集体的地里搬运到集体的保管室,与每家每户无关,分配要等到年终,那是大人们的事情。秋天里最甜的一件事,便是收玉米。所有放学回家的孩子,在天黑之前都是在期盼中度过的。大人们要把收割的玉米背到队里的保管室去,这个时候,几乎每个孩子都在自家的门口等着大人背篼里那一捆一尺多长整齐地捆好的玉米秆。更有急性子,干脆在玉米地通往队里保管室的路上候着,拿到玉米秆时的神情,与口袋里装了一把水果糖的自豪完全一样。

这玉米秆就是我们的"甘蔗"了。

不是所有的玉米秆都可以当甘蔗吃。小时候的玉米品种不如现在,杂,大规模地推广杂交品种是后来的事了。早年,合作社留的种子,也就是有经验的老农和社长一起,看哪块地长得好,苗粗壮,玉米苞大,颗粒饱满,便留下做了来年的种子。不同的品种,玉米秆必是不同,关系到收玉米的时节孩子们的期盼。阴坡、水地的玉米秆,粗,水多,未必甜,常有一种马尿味,不受人待见。向阳处的玉米秆,日照时间长,缺水,不会很粗,秆的颜色被太阳晒得红红的,不用尝,多半是甜的。尤其是玉米苞长得不好的那些,最容易出现玉米秆中甜的极品，比如，在一块地的最边沿处，孤零零地站着，不与成群的玉米为伍，灌溉时水也上不去，甚至杂草都长不伸展，像是被人遗忘的一株，往往，这株就是玉米秆中拥有甜味最多的王。砍玉米秆，越贴近地面的越甜，只是皮太硬，容易伤牙，嚼着嚼着，一吐渣，染红了，常事。

收割玉米的时节，算是孩子们获得零食的狂欢节了。所有吃食中，没有一种的甜能够比过玉米秆，算是离糖靠得最近的庄稼了——不是庄稼，只是收了庄稼后被人们遗弃的废物。废物也算不上，叶子要用来喂牲畜，还有，山里柴多，干了的秆，不会当柴用，只是到了冬天，干透后，轻巧，易燃，用来引火也是上好的，所以，一到冬天，每户农家，房前屋后，少不了地堆着。玉米是主粮，种得多，成片成片的玉米地里总会有零零星星的其他吃食长着，黄豆是极好的。遇见这种不属于合作社统一种的野黄豆，大人们会把豆荚摘下来装在口袋里，有时运气好，也会捡个一口袋半口袋的。回到家里，装在几乎家家都有的大号的搪瓷缸子里，倒上水，放点儿盐进去，不用煮熟，那溢出的味，便香得不行了。等不得冷，不用剥，直接放进嘴里，用牙齿慢慢地挤出豆子。等到冷了，许是越吃越少的缘由，越发地吃着香——放在嘴里，先是一吮，豆荚里的盐水先出来，伴着豆子清香的盐水顺着舌尖朝整个口腔漫去，然后，再嚼煮熟的豆子，也是难得的口福了！除此之外，还有青玉米。总有一些没成熟的玉米苞，算不得正经粮食。玉米一收割完，队里会把这些青玉米集中在一块，分配给每户。正经的玉米，要等着晾干、脱粒后，再分。大人、孩子都等不到几天后名正言顺地分配，但凡收玉米的人都会顺一两个青玉米回家。撕了玉米壳，放在煮饭的灶里，慢慢地烤，离火太近会焦。时不时，会爆两声，把灶里的火苗整得零乱，撩得人心痒。刚从灶里烤出来的玉米，太烫，手不敢直接拿，孩子们用一根筷子插在玉米棒子芯处，举着筷子就出去显摆了。还没正式吃晚饭前，几乎家家的孩子都是这副德行，也不忌讳这青玉米全都来路不正。

很长一段时间，我都认为玉米秆是地里面可以长出的最甜的东西，直到一天早晨，我带着一根体形笔直、色彩红润、甜，甚至连握在手里的手感都令人开心、自己相当满意的玉米秆上学时，却遭遇了对玉米秆近乎崇拜的自信被彻底打破的尴尬，像是心中最厉害的孙悟空被一个名不见经传的小妖打败一样，使我沮丧得脸都红了。那是一位父母在机关工作的同学，他从书包里拿出一截像玉米秆又比玉米秆粗得多的东西，颜色更红，红得已经发紫了，更结实，沉，让人想起孙悟空的金箍棒，我手中的玉米秆倒像假的。几个同学围在一起，每个人都认真看一看，特意用手掂一掂，还拿到鼻子前闻一闻，最后还给它的主人。神情如同借别人的小人儿书，喜欢得想据为己有，可又不得不还给它的主人一样。那位同学用削铅笔的小刀切成小块，发给大家，然后将明显大于我们的一块扔进自己嘴里，牙齿一咬，眼睛就闭上了……大家都跟着他学，这一学，便知道了一个知识，一辈子也忘不了——白糖就是从这种叫作甘蔗的东西中榨出来的。必定有人问这种叫作甘蔗的东西的出处，是哪座山上的玉米地长出来的。那位同学说，我们县里不产甘蔗，它是从很远的地方运到这里的，还要坐火车。关于甘蔗一词，其实在书里是见过的，因为与我没有直接的关系，加之蔗字笔画复杂，有时也就一绕，跳了过去，完全可以忽略。就是这个被自己忽略，甚至近似于怕而躲避的东西，竟然开创了新味觉。随着味觉而来的还有火车。从此，所有我在书上看到的火车、电影里看到的火车，和其他人聊天聊到的火车，都带着甘蔗味了。包括十多年后，我第一次面对面看到绿皮火车时，不由得心中一紧，一节节的车厢，庄稼一样的绿，包括跑起来的姿态，完全符合我幼年关于火车的想象。

从此，玉米秆成了我心目中的赝品。而看到火车一词，便是充满了甘蔗味，哪怕是已经倦于出行的现在。

关于自己是什么时候第一次坐火车的，我是撒了谎的。迄今为止，从四川内地到九寨沟的公路还是只有三条：成都—都江堰—汶川—松潘—九寨沟，这条是最传统、最早的，是一条政治意义上的交通要道，历史上多数时候，各级政令便是沿着这条路进到九寨沟这个地方；广元昭化—甘肃文县—九寨沟，这条从三省交界处沿嘉陵江的支流而上的路，沿途是陇南，使得九寨沟的民俗，甚至口音，在四川成了一个不像川的所在；绵阳江油—平武—九寨沟，这条路最年轻，是大规模地伐木伐出来的。那个暑假，雨水多，山洪频发，唯一可以回家的路只有中间经甘肃文县那条了。从汶川到成都，从成都坐火车到昭化，从昭化再坐班车到文县，从文县再坐班车就到家了。当同行的同学问我坐过火车没有，从没见过火车的我，顺口便答了"坐过"。其实，当时我满脑子想着的只有甘蔗，当年的第一口甘蔗，究竟是从哪里坐火车到了这里，然后，又被谁带到九寨沟，又是怎样到了我同学家中，切的那一小块又是怎样被我放到嘴里的？我努力地用小时候最喜欢的长篇童话《木偶奇遇记》里木偶的情景来想象那节甘蔗。并且，把我多年后吃甘蔗的经历一节节地朝后推，直到把火车头想象成我第一次吃甘蔗的那个早晨。这第一次坐的火车是那种见站便停的普快，便宜，好在那时年少，有的是时间。

慢慢地，甘蔗淡出了我的记忆，像大多数人一样，自己在不知足的路上一直朝下滑着，直到母亲和妻子都说我吃菜的口味越来越重，才想起这些小时候的味道。

多年以后，在秦皇岛的动车站，又一个将甘蔗与火车联结在一起让我久久不能忘怀的场景，像是早年的无声电影一样上演了。那是一个初夏，为了小时候读过的一本关于秦皇岛的传说的小书，我一个人在那里待了几天。把山海关、老龙头、孟姜女庙这些小时印象至深的地方一一印证之后，准备坐动车回了。候车时，总是觉得此行与小时的想象还差点儿什么，如同一盘棋，差口气，使这些我养了几十年的传说怎么都生动不起来。直到一个身影的出现，整个一盘棋便活了起来。那是从闲书里抬起头来，不拐弯，目光直接粘在一个老者的身上，清瘦！清瘦这个词现在不能随便用了，这是一个向上走的词，已经不适合俗气愈发加重的我们。那老者清瘦，满头银发，七十多岁的模样，干净——其实清瘦一词中已含有干净的寓意。他背双肩包，要命的是他左手提着的居然是一小捆收拾得很整洁的甘蔗。这一小捆甘蔗，迅速打通青藏高原与入海口之间的万水千山和时光，让我回到了第一次见到甘蔗的印象。突然，一个念头让此行圆满，这位老者分明是孟姜女转世，甘蔗是送给他用永生永世的许诺爱着的女人的。世风日下，唯爱与甜尚可安慰人心。

火车至今是九寨沟人不能企及的一个妄想。已经通车的兰渝铁路在规划设计时，我还在县里工作，也起草过若干报告，向上面争取铁路经过九寨沟，未果。正在修建的川藏铁路离九寨沟最近，也是竭力地争取，依然未果。看来甘蔗味的火车驶进九寨沟已是不可能了。也好，人生本是如此。